오리도 날고
우리도 날고

Kim Myungjin

# 오리도 날고
# 우리도 날고

아빠: 명진
아들: 시훈

오늘은 물고기를 보고 자동차를 1시간 타고 한 일
이 거의 없었다. 렌터카 회사 직원은 엄청 나쁜
(치사한) 사람인데 미워하지는 않았다.

延 series

김명진

어디에나 좋은 사람과 나쁜 사람이 있을 텐데, 좋은 사람만 만나고 살아간다면 얼마나 좋을까? 그래서인지, 나의 어머니는 항상 내가 어디에 가든 좋은 사람을 만나게 해달라고 기도하시곤 했다.

아
침
놀

## 아빠, 힘들면 도망가

　회사의 늪에 빠져 허우적대던 차장 시절, 육아휴직에 대해 고민하기 시작했다. 벌이가 나름 괜찮았지만, 그만큼 과중한 업무로 직장과 가정의 균형이 엉망이었다. 막 초등학교에 들어간 아들 녀석이 어떻게 지내는지도 모른 채, 그저 막연한 미래를 위해 일만 하며 살고 있었다. 그러다 문득 회의가 들었다. '내가 도대체 무엇을 위해 살고 있는 거지?'

　혼란스러웠다. '휴직을 하면 커리어가 단절된다. 게다가 수입이 끊기면 생계가 불안하다. 그렇다고 휴직을 하지 않으면 아들과의 관계가 단절될지도. 아들과의 시간은 돈으로도 살 수 없는데….' (그 당시 아내가 공부를 하고 있었기에 가계의 수입원이 사라지는 상황이었다.) 한 달 넘게 고민한 후, 힘든 결정을 내렸다. 마음이 가는 대로, 마지막 기회를 잡기로 했다. 아빠 육아휴직이 만 8세까지 가능하니 더 늦으면 영영 기회가 오지 않을 것을 알았다.

그렇게 늪에서 빠져나와 이제 자유로울 것만 같았는데…. 또 다른 늪에 빠질 줄이야. 아내에게는 '집안일과 육아를 모두 책임질 테니 걱정말라'고 그렇게 큰 소리를 쳤는데, 처음 해보는 집안일과 육아는 어설픔과 고달픔의 연속이었다. '그렇다면 이 소중한 시간을 가치 있게 보낼 다른 방법은 없을까?' 내가 잘할 수 있고 좋아하는 것을 떠올렸다. '그래, 여행이 어떨까? 아들에게도 좋은 경험이 되고, 나 역시 여행을 하며 육아를 병행할 수 있으니.'

1년 동안 최대한 여행을 다녀 보기로 했다. 물론 걱정거리도 많았다. 아이와 여행하는 어려움, 안전 문제, 아들의 학업공백, 그리고 무엇보다 여행경비. '수입도 없고 생활비도 빠듯한데 해외여행이라고?' 현실적인 문제들이 눈 앞에 어른거렸다. '하지만, 이 때 아니면 내 인생에 언제 또 이런 기회가 올까?' 다시 용기를 냈다. 한 번 밖에 없는 삶. 적어도 못해봐서 후회하기는 싫기에, 하고 싶은 대로 한번 저질러 보기로 했다.

그렇게 1년의 휴직기간 동안, 어린 녀석과 단둘이서 세계 곳곳을 다녔다. 아들과 함께여서 더욱 행복했던 여행의 순간들. 8살, 9살 꼬마와의 그 꿈만 같던 시간들이 순식간에 흘러갔다.

그러다 어느덧 깨고 싶지 않은 꿈에서 깨어났다. 다시 복직을 하니 신입사원이 된 듯 어색했다. 육아휴직을 한 탓일까? 일을 아무리 못해도 받기 힘들다는 최하위 고과도 받았다. 물론 승진도 물 건너갔다. 아들과 나 자신을 위해 가졌던 소중한 시간으로 인해 커리어는 어느새 망가져 있었다. 복직하여 회사를 2년간 다녔다. 아니, 버텼다고 하는 것이 맞겠다. 몸은 회사에 있었지만 마음은 항상 다른 곳에 있었으니. 그래도 시키는 일이면 곧잘 하는 '범생이' 인생을 살아온 터라 열심히 하며 버틸 수는 있었다.

뒤늦게 승진을 했지만 기쁘지만은 않았다. 더 많은 역할과 책임, 업무에 대한 스트레스로 몸과 마음이 지쳐갔다. 거울을 볼 때마다 하루하루 시들어가고 있는 내 모습이 보였다. 어딘가가 분명히 고장 난 듯했다. 거기에다, 또다시 바쁜 삶에 치여 아들과의 시간은 어느새 사라져 가고 있었다.

그러던 어느 날, 11살 아들 녀석이 꽤나 진지한 표정으로 다가왔다. 힘들어 하는 아빠가 안쓰러워 보였는지 한마디 툭 던지고 간다.

"아빠, 힘들면 도망가!"

'그래… 그 방법도 있구나.' 도망갈 용기마저 없었던 나에게 그렇게 말해주니 눈물나게 고마웠다. 구속에서 벗어날 한줄기 빛이 보였다.

이제 세상 욕심을 내려 놓기로 했다. 나라는 사람에 맞는 길을 걸어가기 위해. 분수도 모르고 계속 욕심을 부리다 작은 행복마저 날 떠나게 할 수는 없었다. 모든 것을 다 가지기 위해 치열하게 매일을 사는 게, 죽을 만큼 힘들었기에 아들의 말 대로 도망가기로 했다. 이제 회사에 더 이상의 미련은 없었다.

다시 여행을 떠나기로 했다. 과거의 안 좋았던 기억들, 걱정과 근심, 스트레스, 모든 것을 훌훌 털어내고 다시 시작하고 싶었다. 솔직히 여행을 떠난다고 모든 것이 해결되진 않겠지만…. 그래도 한동안은 좋아하는 여행을 원 없이 해보기로 했다. 무책임하다는 주위의 비난을 감수할 용기도 있었다. 이제 곧 중학생이 되면 아들에게도 시간이 없을 테니 다시 오지 않을 이 순간을 마음껏 누리기로 했다.

하늘이 이 세상을 내일 적에 그가 가장 귀해하고 사랑하는 것들은 모두 가난하고 외롭고 높고 쓸쓸하니 그리고 언제나 넘치는 사랑과 슬픔 속에 살도록 만드신 것이다
_ 백석, 〈흰 바람벽이 있어〉 일부

과연 동물들이 자유로운, 세계 최
고의 동물원을 만들겠다는 아들의
꿈이 실현될 수 있을까?

1부

캥
거
루
를

찾
아
서

## 무언가 이상했다

'8살 아이와의 장기 여행은 역시 무리인가?'
'한국으로 돌아가는 것이 맞을까?'
그렇게 자신 있게 여행을 시작했는데….
처음부터 한계에 부딪혀 막막했다.

새해를 4일 앞둔 추운 겨울날, 아들과 둘만의 첫 여행을
시작했다. 목적지는 계절이 반대여서 따뜻할 것만 같았던
호주. 저렴한 항공권을 찾다 보니 중국 광저우를 경유해 퍼
스(Perth)로 입국하는 비행편을 구했다. 어린 녀석과 오랜
비행을 견뎌야 하는 어려움과 중국 항공사의 불확실성을 몰
랐던 나에게는, 예상치 못한 문제들이 기다리고 있는 것이
어쩌면 당연했다.

아들은 비행기를 타자마자 보채기 시작했고, 광저우에서 경유편은 별 이유도 없이 4시간이나 연착이 되었다. 연착에다 밤비행기 탑승으로 잠을 제대로 잘 수 없었기에 아들도 나도 몸 상태가 엉망이었다. 퍼스에는 다음날 아침에 도착했는데, 그래도 이 때까지는 아들이 그럭저럭 버텨주었다.

잠시 후, 공항에서 숙소로 가는 길. '무슨 생각으로 그랬을까?' 비용을 아끼고 경험도 쌓자는 욕심에 불편한 버스를 타기로 했다.

"아빠, 우리 힘든데 택시 타자."

"벌써부터 편한 것만 찾으면 어떡해. 이 정도는 참아야 해."

국제선 청사에서 국내선 청사로 이동해 버스를 갈아타기까지 하며 힘들게 숙소로 향했다. 초행길이라 그런지 생각했던 대로 일이 풀리지 않는다. 어디에서 내릴지 몰라 두 정거장이나 지나쳐 버렸다. 배낭을 메고 캐리어를 끌고, 뙤약볕 아래에서 10분을 넘게 걸어야 하는 신세. 온 몸엔 땀이 삐질삐질, 정신은 몽롱하다. 그렇게 지도를 보고 아들과 짐을 챙겨가며 힘겹게 숙소에 도착했다.

숙소에 짐을 내려놓는 순간, 또 욕심이 발동했다. '대낮부터 그냥 쉬기에는 시간이 아까운데⋯.' 채 30분도 쉬지 않고, 시차적응도 못한 아들을 생각없이 데리고 나갔다. 번화가를 여기지기 둘러보다 보니 어느새 저녁 때. 식사도 이왕이면 현지 체험을 해보자는 욕심에 현지인이 북적대는 식당으로 갔다. 그런데 무언가 이상했다. 음식을 마주하는 아들 녀석의 표정에 웃음기가 사라졌다. 창백한 얼굴, 축 늘어진 어깨, 초점 없는 눈동자… '아차, 너무 무리를 했구나.' 그제서야 깨달았다. 낯선 환경에 정신없는 아들을 첫날부터 너무 밀어 부쳤다는 사실을. 결국 아들은 몸살이 나고 말았다.

열이 펄펄 끓는 아들을 위해 내가 할 수 있는 일은 해열제를 먹이고 기도하는 것이 전부였다. '병원 응급실이라도 찾아가야 하지 않나?' 이래저래 방법을 궁리했지만 막상 어떻게 해야 할지 몰라 미련하게 시간만 보냈다. 그렇게 3일이 흘렀다. 시간이 어떻게 지나갔는지도 모른다. 아픈 아들을 바라보며 아무것도 할 수 없는 그 무력감. 차라리 내가 대신 아팠으면 하는 마음이었다.

호주의 퍼스라는 낯선 곳에서 맞이하는 새해. 아는 사람 하나 없는 이 도시에서 아들이 아파 우울한 새해 첫 아침을 맞이하며 많은 반성을 했다. '아이를 대하고 돌보는 모든 것에 서툴러 우왕좌왕 했다. 나만의 욕심이 너무 앞섰다. 바보같이 내 입장만 생각해 아이와 함께하는 여행임을 잊고 있었다.' 벌써부터 엄마를 보고 싶어하며 잠든 어린 녀석을 바라보며 하염없이 흘러내리는 눈물을 멈출 수 없었다.

여행의 시작지였던 퍼스에서는 아들이 몸살에 시달려 3일 내내 누워 있었다. 숙소의 작은 방에 갇혀 그렇게 아들은 몸이 아팠고 나는 마음이 아팠다. 그나마 열이 잠시 내렸을 때 근처 공원에 다녀온 것이 전부였다. 야속하게도 날씨는 구름 한점 없이 계속 맑았다.

## 시훈이의 일기

　(제목: 안녕, 호주! 캥거루 ㅋㅋㅋ) 아침에 호주에 도착했다. 공항이랑 비행기에서 10시간 넘게 있었다. 지루하였다. 그리고 어제 남방항공 비행기가 연착되었다. 아빠가 '중국 사람들이 마음대로 잘한다'라고 말씀해 주셨다. 비행기로 내려다보니까 아래에 하얀 동그라미가 있었다. 캥거루도 보였다. 내일부터는 본격 호주 탐험.

## 교도소 숙소에서 요양

퍼스에서 3일을 지낸 후 맞이한 새해 첫날. 아픈 아들을 데리고 근교인 프리맨틀(Fremantle)로 이동해야 했다. 숙소를 미리 예약해 두었기 때문이다. 숙소는 '프리즌(Prison) 유스호스텔'로 옛날에 교도소로 쓰던 건물을 개조한 유서 깊은 곳이다. 아들에게 감옥체험을 하게 해줄 생각이었는데…. 고생도 해볼 요량으로 예약했지만, 아들이 수시로 열이 나는 상황이라 걱정이 앞섰다.

그렇게 찾아간 교도소 숙소. 다행히 진짜 교도소처럼 열악하진 않았다. 방이 좁고 답답해 조금 불편하긴 했지만, 조용하고 깔끔해서 지낼 만했다. 아들이 중간에 잠시 회복될 때에는 가볍게 산책도 나갔다. 한번은 '피싱보트 하버'로 나가 아들이 좋아하는 물고기를 구경하고 점심도 해결하기로 했다.

　음식문화가 발달하지 못한 호주에서는 그나마 '피쉬 앤 칩스(Fish & Chips)'가 괜찮다고 해서 하버에 있는 음식점을 찾았다. 신기하게도 바다가 보이는 야외석은 비어 있는데 실내에 사람들이 많았다. '왜 이 사람들은 좋은 자리를 두고 답답하게 안에서 식사를 할까?' 뭔가 이상했지만 바다를 보며 음식을 먹겠다고 바깥에 자리를 잡았다. 그리고 곧 큰 실수임을 알았다. 갈매기가 몰려들기 시작했다. 특히 아들 녀석이 빈틈이 많았는지 잠시 한눈을 팔면 벌떼같이 음식에 달려들었다. '안 그래도 힘들고 서러운데 갈매기 너마저….' 나는 갈매기를 쫓느라 아들은 갈매기와 노느라 정신 없는 식사 시간이었다. 배가 고파 허겁지겁 먹긴 했지만 다시 먹고 싶은 맛은 아니었다.

　아들이 아프니 먹는 일이 가장 큰 문제였다. 어린 녀석을 혼자 두고 먹거리를 구해오는 잠시의 시간이 그렇게 불안할 수가 없다. '혼자 있는 30분의 시간이 아이에겐 얼마나 길게 느껴질까?' 급한 마음에 식사 때마다 허둥지둥 다녀온다. 게다가 먹거리를 사러 재래시장까지 가보았지만, 아들에게 먹일 마땅한 음식이 없었다. '아플수록 잘 먹여야 하는데….' 막상 한국에서 준비해온 음식도 하나 없어 계란을 삶고 토마토와 과일을 썰어 빵과 함께 끼니를 때워야만 했다.

프리맨틀에서도 주로 숙소에서 지냈다. 먹고 사는 원초적인 문제로 걱정이 가득한 나날들. '내가 과연 여행을 온 것인가?' 교도소에서 요양하며 생존을 위해 발버둥쳐야 하는 상황이라니…. '인생도, 여행도 계획대로 되지 만은 않는구나.' 아들 녀석이 호주에서 가장 가고 싶어 했던 '로트네스트 아일랜드*'도 가지 못했다. 우리는 처음부터 틀어져버린 일정으로 버킷리스트 중 하나를 포기해야 했고, 대신 교도소 숙소에서 교도소만 실컷 구경하며 아쉬운 시간을 보내야 했다.

그렇게 호주에 도착해 5일 동안, 아들은 열이 오르락내리락 하며 병마와 싸웠고 나는 그런 아들을 지켜보며 마음 아파했다. 거의 매일 밤을 무사히 넘기길 기도했다. 그나마 다행인 것은 교도소가 편안했는지 출소(?)할 무렵 아들이 서서히 몸을 회복하기 시작했다.

---

* 로트네스트 아일랜드(Rottnest Island)는 프리맨틀에서 가까운 섬으로, 아름다운 해변과 '쿼카'라는 귀여운 동물로 유명하다. 소형 캥거루과인 '쿼카'는 웃는 표정의 얼굴로 세상에서 가장 행복한 동물이라는 별명을 갖고 있다.

## 시훈이의 일기

(제목: 새해는 치킨의 해 꼬꼬댁~) 드디어 새해이다. 새해에 떡국은 못 먹었지만 그래도 좋았다. 오늘 피싱 보트 하버에 갔다. 다양한 물고기를 보았다. 새 한 마리가 빨갈색(빨강색과 갈색을 합친 색) 가자미를 잡아먹는 것을 보았다. 좋은 경험이 되었다. 점심으로 피쉬 앤 칩스를 먹었다. 생각보다 맛없었다.

## 캥거루를 찾아서

"아빠가 너 자는 동안 캥거루를 30마리나 봤어."

이날도 어쩔 수 없이 아들 녀석에게 선의의(?) 거짓말을 하고 말았다.

'캥거루 아일랜드(Kangaroo Island)에는 과연 캥거루가 얼마나 많을까?' 호주에 왔으니 대표 동물인 캥거루를 아들에게 실컷 보여주고 싶었다. 그곳에 가려면 애들레이드에서 새벽 일찍 출발해 밤늦게 돌아오는 투어에 참가해야 했다. 새벽 4시 30분에 기상해야 했는데, 아들 녀석이 어쩐 일로 잠투정도 않고 벌떡 일어났다. 컴컴한 새벽을 뚫고, 버스를 타고, 배를 타고, 다시 버스를 타고 3시간이나 걸려 도착했다.

제주도 2배 크기에 달하는 캥거루 아일랜드는 섬의 3분의 1이상이 국립공원으로 지정될 정도로 자연환경이 잘 보존되어 있는 곳이다. 역시나 듣던 대로 원시 그대로의 자연이 살아있었다. 가는 곳마다 생전 처음 보는 모습에 감탄사가 절로 나왔다.

자연이 빚은 기암괴석들로 이름 그대로 놀랄 만한 '리마커블 록스(Remarkable Rocks)', 바람과 파도가 만든 아치 아래로 물개들이 놀고 있는 '애드미럴 아치(Admiral Arch)', 눈부신 하얀 모래 위로 바다사자들이 누워 일광욕을 즐기는 '실 베이(Seal Bay)'…

호주 최대의 야생동물 서식지라는 명성이 무색하지 않게 곳곳에서 물개, 바다사자, 코알라, 캥거루, 다양한 새들이 우리를 맞아 주었다. 그러나 처음 캥거루 아일랜드에 도착해서 한동안은 캥거루를 볼 수 없었다. 아들에게는 '캥거루가 섬 전체에 널려 있다'고 허풍을 잔뜩 떨었는데 참으로 난감했다.

"아빠, 캥거루는 도대체 어디 있는 거야?"

"글쎄, 이제 나타날 때가 된 것 같은데…."

예상치 못한 상황에 멋쩍은 웃음만 나왔다. 도로변에 로드킬을 당한 캥거루만 보이고, 살아있는 캥거루는 전혀 뛰어다니지 않았다. 사실 캥거루가 대낮에는 도로변에 나타나지 않는다는 사실을 모르고 있었다. 그나마 다행으로 뒤늦게 몇 마리가 공원에서 나타나 주었고, 저녁 무렵 돌아올 때에는 길가에서도 가끔 보였다.

투어를 끝내고 숙소로 돌아와 아들에게 또 다시 허풍을 떨었다. '캥거루 아일랜드에는 막상 캥거루가 별로 없더라'는 아들의 불만 섞인 한마디에, 아들이 자는 동안 30마리를 보았다고 헛소리를 했다. 사실 아들이 잠시 조는 동안, 한두 마리를 본 것이 전부였다. 아들에게는 '캥거루가 널려 있다'는 아빠의 말이 허풍이 아니라는 믿음을 주고 싶었기에 나도 모르게 거짓말을 하고 말았다.

투어 중간에는 와이너리에 방문해 점심식사를 했다. (남호주 지역은 와인 산지로 유명해 와인 시음이 포함되어 있었다.) 나이를 떠나 모두 와인을 즐기며 식사하는 모습이 보기 좋았다. 나도 그들과 어울려 와인을 마시며 여유를 부리고 싶었는데…. 하지만 아들을 내팽개칠 수는 없는 노릇. 나는 거기서도 녀석과 농장에 있는 가축들을 구경하며 놀아줘야 했다.

# 시훈이의 일기

(제목: 캥거루 아일랜드 캥거루) 오늘 캥거루 아일랜드에 갔다. 바다사자와 코알라, 바다표범 등을 보았다. 캥거루 시체는 많이 있었다. 살아있는 캥거루는 8마리 밖에 못 봤다. 아빠는 내가 자는 사이에 30마리를 더 보았다고 했다. 운이 안 좋아서 돌고래는 못 보았지만 재미있었다.

## 샌드위치와 위험한 짓

호주는 차량 운전대가 오른쪽에 있고, 도로도 우리와는 반대 방향이라 뭔가 어색하다. 초행길에다 도로까지 좁다. 설상가상으로 꼬불꼬불한 산악 길에는 곳곳에 낭떠러지가 도사리고 있다.

'자칫 잘못하면 큰 일 난다.' 운전대를 잡고 별의별 생각이 다 들었다. '차에 문제가 생기거나, 구글맵의 길이 엉뚱한 곳으로 인도하면 어떡하나? 가끔 구글맵이 낭떠러지로 안내하는 경우도 있다고 하는데….' 마지막이 아니길 기도하며 정신을 바짝 차렸다. 안전을 고려해 아들은 뒷자리의 부스터에 앉혔는데, 아들이 뒤에서 무얼 하고 있는지 살펴볼 겨를도 없었다.

20대 시절 처음 배낭여행으로 방문했던 그램피언스 (Grampians) 국립공원. 추억의 그 장소를 다시 보고 싶어 빡빡한 일정에도 들렀다 가기로 했다. 렌터카 운전이 아직 적응되지 않은 상태에서, 가는 길이 그리 험한지도 모른 채 산악 지대를 넘어가게 되었다.

이날은 장거리를 운전해야 하고 경로상에 마을도 없기에, 숙소에서 샌드위치를 만들어와 점심을 차에서 해결할 생각이었다. 험한 길을 2시간 정도 정신없이 운전해 가다 보니 어느새 허기가 지고 점심 때가 지났다. 뒤늦게 점심을 먹으려는 순간, 뒷자리에 둔 도시락이 사라진 사실을 알았다. 아들 녀석이 모두 까먹어 버린 것이다. '아빠가 어설프게 만든 샌드위치가 그렇게 맛있었나, 아니면 아침을 제대로 못 먹어 배가 그렇게 고팠나?' 음식을 많이 준비 못 한 나도 잘못이지만, 아빠를 전혀 생각 않고 혼자서 다 먹어버린 아들에게 서운한 감정이 들었다. 그 날은 그렇게 점심을 굶어야 했다.

철없는 녀석을 데리고 여행하는 일은 쉽지 않다. 손이 많이 가서 안 그래도 바쁜 일정 중에 쉴 틈이 없다. 먹이고, 씻기고, 옷 입히고, 놀아주다 보면 시간이 훌쩍 간다. 무엇보다 혼자서 머리감기와 샤워를 제대로 못하는 녀석을 챙기다 보면 매일 밤이면 녹초가 된다. 이러한 아빠의 노력을 아는지 모르는지 아들은 가끔씩 멋모르는 행동을 한다.

험한 길을 넘고 넘어 힘겹게 그램피언스에 도착했다. 호주에서 처음으로 대자연을 보고 감명을 받았던 곳. 다시 찾고 싶어 기대가 컸던 곳. 하지만 결론부터 말하자면 실망이었다. 여행은 그날의 날씨, 몸 상태, 환경 등의 영향을 받는다. 그런데 이번에는 햇볕이 내리쬐는 무더위에 몸도 지치고 배도 고팠고, 하필이면 주변에 날파리가 많아 오래 머물고 싶지 않았다.

그나마 다행으로 아들 녀석이 야생 캥거루와 에뮤를 보게 되어 즐거워한다. 그리고 '보로카(Boroka) 전망대'에 올라 바라본 거대한 대륙의 모습은 여전히 감동이었다. 전망대에는 인생 샷을 찍는 곳으로 유명한 장소가 있는데, 인도 사람들이 아주 위험하게 사진을 찍고 있었다.

"아빠, 저 사람들 미쳤나 봐."

벼랑 끝에 살짝 걸터앉은 자세가 보기만 해도 아찔했다. 사진을 찍다가 추락사가 발생한 곳이라 들었다.

"아빠, 왜 사람들은 목숨까지 걸며 사진을 남기려 하지?"

"글쎄, 남들에게 자랑하고 싶어서 그러지 않을까?"

처음엔 이성적인 생각 밖에 들지 않았다. '미친 짓이야. 절대 따라하면 안 돼. 정말 죽고 싶어 환장을 했군.'

아들에게도 그렇게 말하고 싶었다. 그러다 문득, 한 번 더 생각해 보았다. 어쩌면 그 행위는 역설적으로 더 잘 '살고 싶은' 의지에서 비롯되었을지도 모른다. 남들에게 잘 보이고 싶은 인간의 순수한 욕구라고 할까? 조금 더 주목을 받고, 조금 더 관심을 얻고, 그래서 조금 더 행복감을 느끼기 위한 본능적 몸부림 같은….

그러고 보니 예전의 나도 그랬던 적이 있었다. 지금은 아니라고 부정하고 싶지만…. 그리고 어쩌면 지금도 나는 또 다른 형태의 위험한 짓을 하고 있는지도 모르겠다. 어린 녀석을 차에 태우고 이렇게 위험한 산 길을 떠돌고 있으니….

## 시훈이의 일기

(제목: 위험한 짓) 오늘은 캠거루도 보았고, 야생 에뮤도 보았다. 인도 사람 3명이 목숨 걸고 사진을 찍고 있었다. 그 사람들은 다행히 살았다.

# 위대한 갯벌

아주 오랜만에 옛 친구를 만난다면 어떤 기분이 들까? 그것도 아주 좋아했던 친구를….

17년 만에 다시 찾은 그레이트 오션 로드(Great Ocean Road). '죽기 전에 꼭 가봐야 하는 장소'라는데, 2번째 방문하는 나는 복받은 사람이리라. 옛날 기억이 조금씩은 나지만 이제는 낯설어져 버린 이곳, 반갑기도 하고 뭔가 어색하기도 했다. 하지만 여전히 매력적인 모습으로 나를 맞아 주니 그렇게 기쁠 수가 없다.

그 이름에 걸맞게 '위대한 해양 도로'를 따라 거친 파도와 바람이 만들어낸 기암절벽들이 여기저기서 유혹한다. 생긴 모습 그대로 이름 붙여진 런던 브릿지(London Bridge)

와 12사도(12 Apostles), 슬픈 이야기를 간직한 로크 아드 협곡(Loch Ard Gorge)… 그 밖에도 운전하다 지나치는 이름모를 해변 하나하나까지 놓치기 싫었다. 훌륭한 전망과 풍경에 시시각각 변하는 하늘, 태양, 구름. 바람까지 예술이다. 아들 녀석도 기분이 좋은지 까불어 댄다.

몇몇 장소는 침식이 지속되어 예전에 찍은 사진과는 변화된 모습이다. 17년 전에 보았던 12사도 바위 역시 이제는 다른 모습으로 서 있다. 물론 나도 예전의 그 젊은 모습이 아닌 나이든 모습으로 찾아왔다. '다음에 오면 이 장소와 나는 또 어떻게 바뀌어 있을까? 세월이 지나도 매력을 잃지 않은 자연과 같이 사람도 나이가 들어 매력을 유지할 수 있다면 얼마나 좋을까?'

그레이트 오션 로드는 보통 하루 코스로 둘러본다. 경치를 보고 사진을 찍고 잠시 산책하기에는 충분한 시간이다. 그러나 아이를 데리고 다닐 때에는 얘기가 달라진다. 아이들은 관심사가 달라 해변을 둘러보는데 그치지 않고, 놀다가야 하기 때문이다. 아니나 다를까? 아들 녀석이 마음에 드는 곳을 찾았다.

"아빠, 우리 여기 잠시만 있다 가자."

우리는 로크 아드 협곡에서 잠시 머물다 가기로 했다. 이곳은 거센 파도를 해안절벽들이 막고 있어 아늑한 느낌이

드는 곳이다. 바다인데 파도가 세지 않고 호수처럼 고요했다. (어떻게 이런 곳에 '로크 아드'라는 배가 난파되었다고 하니 도저히 믿기지 않는다. 54명의 이민자를 태운 배가 난파되어 2명만 살아남았다고 한다.) 아늑한 해변에는 피크닉을 즐기는 사람들이 많았다. 아들도 모래놀이를 하느라 정신이 없다. 지겨울 만하면 바닷물에 들어가거나 모래사장을 이리저리 뛰어다닌다. 결국 잠시가 2시간이 되어 버렸다.

나름 넉넉히 시간을 할애했지만, 가는 곳마다 절경을 뒤로 하고 딴짓을 해야 하는 아들 녀석 때문에 하루가 짧았다. 종일 따라다니느라 온몸이 고단했다. 하루를 치열하게 보내고, 문득 아들에게 그레이트 오션 로드의 절경들이 어떻게 느껴졌을까 궁금했다.

뒤늦게야 알았다. 아들에게는 그 유명하다는 그레이트 오션 로드가 그렇게 'Great(위대)' 하지 않았나 보다. 나중에 일기를 훔쳐보니 그곳은 단지 '호주의 어느 갯벌'에 불과했다.

## 시훈이의 일기

(제목: 호주 갯벌) 오늘 자동차로 해변가를 들렀다. 어느 비치에 가보았는데, 갯벌이 있었다. 우리나라 갯벌처럼 진흙도 아니고 발이 푹푹 빠지지도 않았다. 물고기가 있었는데, 시간이 없어서 잡지는 못했다. 그래도 재미있었다. 다음에 엄마 아빠랑 호주에 올 때 이 해변을 다시 올 생각이다.

# 렌터카 직원과의 다툼

이제껏 호주를 여행하면서 운 좋게도 기분 나쁜 경험을 한 적이 없었다. 하지만 언제나 좋은 일만 생길 수는 없는 법. 멜번에서 렌터카를 반납하며 드디어 최악의 사건을 겪었다. 더 정확히 말하자면 끔찍이도 재수 없는 인물을 만났다.

멜번의 렌터카 반납 장소는 구글맵에서 안내하는 길을 따라가다 보면 헤매게 되어 있었다. 복잡한 시내의 일방통행이 많은 곳에서 주차장 입구를 찾다 보니 계속 주변을 맴돌았다. 여유 있게 반납 1시간 전에 도착하려 했지만, 길을 헤매다 보니 시간이 거의 다 되어 도착했다. 렌터카는 보통 주유를 가득해서 반납해야 하는데, 주유소를 찾지 못해 주유도 못했다.

이래저래 녹초가 되어 반납 장소에 도착한 내 눈 앞에는 도도해 보이는 젊은 여직원이 기다리고 있었다. 웃음기 없이 날카로운 눈매와 하얗다 못해 창백한 얼굴. 왠지 아주 쌀쌀맞을 것만 같다. 아니나 다를까? 주유를 못한 채 나타난 나에게 그녀는 원칙만 설명하기 시작한다.

"주유가 안 되면 추가 비용이 많이 나오는 건 아시죠? 지금이라도 주유를 하고 오세요."

"근처에 혹시 주유소가 있나요? 반납 시간까지 30분도 안 남았는데 가능할까요?"

"그건 저도 몰라요. 알아서 하세요!"

주유소가 어디 있는지는 본인이 알 바 아니고, 주유를 하다 차량을 늦게 반납하면 하루치 렌트비가 더 나올 거라고만 한다. 30분 안에 주유를 하고 오는 것도 불가능하겠지만, 무엇보다 어린 녀석을 태우고 다시 주유소를 찾아 헤맬 것을 상상하니 너무 끔찍했다. 융통성이 조금이라도 있다면 근처 주유소를 알려주거나 반납 시간을 조금 늦춰줄 수도 있지 않을까? 어린 아들과 여행하는 외국인에게 그 정도의 아량은 베풀 수 있을 텐데, 이 여직원은 그저 한심하다는 표정으로 빨리 결정하라고만 했다.

옆에서는 아들 녀석이 그만 가자고 계속 보챈다. 아빠가 호주인과 말다툼을 하는 모습에 걱정이 가득한 표정이다.

'계속 언쟁을 한다고 나아질 것이 있을까?' 이렇게 매정한 사람과 계속 얘기해 봤자 얻을 것이 없겠다는 판단이 들었다. 결국엔 눈물을 머금고 추가 비용을 내겠다고 했다. 그렇게 해서 5만원이면 가득 채울 수 있는 주유비를 무려 16만 원이나 지불했다.

한동안 기분이 나빠 화가 풀리지 않았다. 그 여직원을 생각하면 할수록 짜증이 밀려왔다. 숙소에 가서 쉬면서도, 식사를 하면서도 계속 생각이 떨쳐지지 않았다. 같이 놀아 주길 바라는 아들 녀석에게도 괜히 무심해진다. 더군다나 아빠의 씩씩거리는 모습에 아들까지 덩달아 씩씩거린다. 나의 못난 행동이 어느덧 아들에게도 영향을 주고 있는 것만 같았다. '이러다 즐거워야 할 여행 다 망치는 것 아닌가? 그까짓 돈 몇 푼 때문에 우리의 감정까지 상처받고 있다니.' 내가 초래한 일로 아들마저 스트레스를 받아가며 누군가를 미워하게 만들 수는 없었다.

다시 한번 곰곰이 생각해 보았다. '그 여직원은 과연 어떤 사람인가? 인간적으로 밉상이긴 하지만 사실 나에게 부당한 행위를 한 것은 없다. 그냥 호의를 기대했던 나에게 원리원칙 대로 했을 뿐이다.' 누군가를 미워하는 일에 계속 신경을 쓰다 보면 오히려 내 마음만 좁혀게 된다. 미워하는 마음을 오래 간직하면 할수록 내 감정만 상하고 나만 손해이지 않을까? 이제 그만 놓아주자. 더 이상 미워하지 않기로 했다.

어디에나 좋은 사람과 나쁜 사람이 있을 텐데, 좋은 사람만 만나고 살아간다면 얼마나 좋을까? 그래서인지, 나의 어머니는 항상 내가 어디에 가든 좋은 사람을 만나게 해달라고 기도하시곤 했다.

## 시훈이의 일기

(제목: 일 없음) 오늘은 항구에서 물고기를 보고 자동차를 1시간 타고 한 일이 거의 없었다. 렌터카 회사 직원은 엄청 나쁜(치사한) 사람인데 미워하지는 않았다. 참 오늘은 재미없었다. 너무 쉬고 싶었다.

# 베이컨으로 바다낚시

비나롱 베이(Binalong Bay)로 가는 길은 아름다운 해변들의 연속이었다. 투명한 바닷물과 새하얀 백사장, 주황빛의 바위들이 즐비한 해안. 꿈에 그리던 장면이 눈앞에 펼쳐진다. 푸르다기 보다는 밝은 옥색이라고 해야 할까? 당장이라도 그 빛을 머금은 물에 뛰어들고 싶은 마음이다. 아들 녀석도 평소에 '에메랄드 빛 해변'을 노래하더니, 드디어 모든 것을 다 갖춘 해변을 보게 되어 신이 난 모양이다.

한낮의 타즈매니아 해변. 작열하는 태양을 받으며 수영과 서핑을 즐기는 사람들이 보이고, 바위언덕 근처에는 한가로이 낚시를 하는 사람들이 보인다. 아들은 수영을 하는 사람들은 쳐다보지도 않은 채, 낚시꾼들만 주의 깊게 바라본다. 우리가 서있던 곳은 마침 물 속을 들여다보기만 해도 물고기들이 노니는 모습이 보였다. 아들은 5분 정도 유심히 낚시하는 모습을 바라보더니 이내 우리도 바다낚시를 해보자고 한다.

그러나 미안하게도, 아빠는 낚시를 할 줄도 모르고, 심지어 하고 싶지도 않다. 꿈틀거리는 징그러운 미끼를 바늘에 끼우는 것도 무섭고, 만약에라도 물고기가 잡히면 바늘에서 물고기를 빼내는 것도 끔찍하다. '벌레 하나 제대로 못 죽이는 내가 낚시를 한다고?' 아들에게는 약한 모습을 보여주기 싫어 이런저런 핑계로 낚시를 피해왔다. 그런 사실을 전혀 모르는 아들은 물고기를 잡고 싶다며 눈치 없이 계속 노래를 불렀다.

'그래, 내가 졌다.' 결국 아들의 성화에 못 이겨 낚시대와 물고기를 담는 버킷(Bucket, 양동이)을 구매하고 말았다. 다행히 숙소 주인 할아버지의 도움으로 낚시대를 조립하고 사용하는 법을 배웠고, 아들과 함께 생애 첫 바다낚시를 떠났다. 미끼는 징그러운 산 미끼를 이용하기 싫어 아침에 먹다 남은 베이컨 조각을 가지고 갔다.

'아들에겐 그냥 낚시하는 시늉만 보이고 적당히 시간만 때우다 가지 뭐.' 솔직히 그 때 심정은 물고기가 안 잡혔으면 하는 마음이었다. 어디가 명당 자리인지는 별로 중요하지 않다. 그냥 낚시꾼들이 있는 사이에 아무렇게 자리를 잡왔다. 내충 바늘에 베이컨을 끼워 낚시줄을 던진다. 멀리 던지고는 싶지만 바로 앞으로 떨어진다. '이렇게 해서 과연 낚시가 될까?' 아무런 기대도 하지 않았다. 그런데, 채 5분도 되지 않아 묵직한 입질이 온다. '어, 이상하다. 이게 무슨 일이지?' 깜짝 놀라 낚시대를 올려보니 이상하게 생긴 물고기가 등장했다.

"아빠, 스톤피쉬야! 만지면 위험해!"

역시나 염려했던 대로 난처한 상황이 발생했다. '만져도 안 되고 물고기도 못 빼는 나는 어떡해야 하나?' 어쩔 줄 몰라 망설이다 결국 근처에서 낚시하는 현지인들에게 도움을 청했다. 고맙게도 동네 토박이처럼 보이는 한 청년이 나서서 노련한 손놀림으로 물고기를 분리해 준다. 그러면서 그 물고기는 먹지 못하니 버리라고 했다.

믿을 수가 없다. 전혀 못 잡을 줄로만 알았던 물고기를 잡았다. 그것도 베이컨으로 단 5분만에. 어찌 되었든 아들과의 바다낚시는 나의 기준으로 최고였다. 아들에게 멋진(?) 아빠의 모습을 보여주었으니. 아들 녀석도 제대로 된 물고기는 아니지만 월척을 낚은 듯 흥분했고 즐거워했다. '역시 아이는 결과물 보다 과정을 즐기는구나.'

한국에 돌아와서도 물고기를 잡으러 다니는 일이 많아졌다. 그래서 항상 내 차의 트렁크에는 각종 어구들이 가득하다. 언제 어디서든 고기잡이가 가능하도록. 가끔 아들에게 농담처럼 물어보곤 한다.

"아빠가 어부였으면 좋겠지?"

## 시훈이의 일기

(제목: 위험 동물) 오늘 아빠와 낚시를 했다. 낚시를 놓자 마자 물고기가 걸렸다. 걸린 물고기는 위험 동물인 스톤피쉬였다. 다행히 주변 전문 낚시꾼에게 도움을 요청해서 겨우 살았다. 스톤피쉬는 가시로 맹독을 주입한다. 아빠는 스톤피쉬가 무섭다고 했다. 밤에 펭귄 산책도 갔다.

# 뜰채로 게 잡이

'나는 과연 눈치 있는 놈일까, 눈치 없는 놈일까?' 중년의 나이가 되도록 아직 나 자신에 대해 모르겠다. 그나마 알게 된 것은 난 눈치 보기를 무지 싫어하는 놈이라는 사실. 그래서일까? 여행을 다니며 눈치 볼 필요가 없어서(아니 적어서) 너무 행복했다.

비체노(Bicheno)는 타즈매니아 섬의 해안가에 있는 조그마한 마을로 놀거리와 볼거리가 많았다. 야생 펭귄을 볼 수 있다고 해서 지난 저녁에는 아들 녀석과 해변 탐사도 떠났다. 비록 펭귄을 직접 보지는 못했지만 흔적을 본 것만으로도 아들은 재미있어 했다. 이곳에는 '블로우 홀(Blow Hole)'이라는 장소도 있는데, 사람들이 사진을 많이 찍으러

오는 곳이다. 파도가 치면서 구멍이 뚫린 돌 사이로 물길이 힘차게 치솟아 오르는 장면은 정말 장관이다.

원래는 잠시만 머물다 사진만 찍고 갈 생각이었다. 물길이 치솟아 오르는 그 순간에 맞춰 사진을 찍기 위해 열심을 다해 본다. 제대로 된 장비가 없다 보니 타이밍을 맞추기 힘들어 무한반복 중이었다. 아들 녀석은 사진찍기에는 관심이 없고 주변을 어슬렁거리다 무언가를 발견했다.

"아빠, 저기 게들이 기어 다녀!"

아들 녀석이 바위 곳곳에서 움직이고 있는 게를 포착하고 말았다. 일단 아들 녀석의 눈에 들어온 이상 어쩔 수가 없다. 본격적으로 게 잡이가 시작되었다.

렌터카 트렁크에 싣고 다녔던 뜰채와 버킷을 가져왔다. 바위 틈 사이에 숨어 있다가 가끔씩 튀어나오는 게를 향해 달려가 뜰채로 덮치는 작전이다. 하지만 게들도 그리 호락호락 하지는 않았다. 얼마나 빠른지 도저히 잡을 수가 없다. 아들과 힘을 합치기로 했다. 내가 게를 몰아가고 아들이 뜰채로 마무리하는 걸로. 멋진 작전일줄 알았는데 그 역시 뜻대로 되진 않는다. '이런, 게 잡이도 타이밍을 못 맞추니 무한반복이구나.' 그렇게 시간이 끝도 없이 흘렀다. 그 결과는…? 그래도 사람 주먹 만한 게를 2마리나 잡았다. 크기로 봐서는 먹을 만한 사이즈였다.

"어떻게 할까? 숙소에 가져가서 요리해 먹을까?"

말은 그렇게 했지만 아들이 그냥 풀어주자고 하기를 기대했다. 나는 살아있는 것을 죽여서 요리해 먹을 만한 용기가 없기 때문이다. 다행히 소심한 유전자를 물려받아서인지 아들의 대답도 예상을 빗나가지 않았다.

그렇게 우리는 무려 3시간을 게를 잡으며 놀았다. 잠시가 반나절이 될 줄이야. 많은 사람들이 카메라를 들고 사진을 찍고 있는 곳에서 우리는 뜰채와 버킷을 들고 이리저리 미친 듯 뛰어다녔다. '이러한 우리의 모습을 보고 다른 사람들이 어떻게 생각할까?'

한국에서는 다른 이들의 시선을 의식하고 살아가는 것이 무척이나 힘들었다. 이곳에 오니 아는 사람도 없는데다 남의 눈치를 보지 않는 현지 분위기에 별로 신경 쓸 일이 없다. 한국에서 눈치 없는 놈이 되지 않으려고 기를 쓰고 살아야만 했던 인생을 되돌아보면 괜히 이곳 사람들이 부러워진다. 그렇다고 전혀 눈치 없는 놈이 되고 싶은 것은 아니다. 단지 너무 눈치보지 않고 살고 싶을 뿐이다.

여행을 하다 보면 예상치 못했던 일들로 일정이 빠듯하게 된다. 시간을 많이 지체한 탓에 가보려고 했던 여러 곳을 포기하기로 했다. 하지만 어떠한 변수도 상관없다. 어차피 이 여행은 아들과 내가 만족하면 되는 것이니….

## 시훈이의 일기

(제목: 게 잡이) 오늘 오전에 해변에서 게를 2마리 잡았다. 아빠가 요리를 해 먹으려는 것을 내가 불쌍해서 풀어주었다. 게를 잡는 곳에서 파도가 쳐서 물을 맞을 뻔했다. 정말 재미있었다.

# 와인잔 해변의 비밀

'와인잔 해변? 도대체 어떻게 생겼기에 그렇게 부를까?' 와인글라스 베이(Wineglass Bay)*를 가보기로 했다. 산 너머에 있어 아이를 데리고 가기 힘들 것이라는 정보를 입수했지만, 애써 무시하고 나섰다.

별 생각없이 등산화는커녕 제대로 된 운동화도 신지 않고, 슬리퍼를 끌고 산을 오르기 시작했다. 그냥 동네 산을 오르는 정도로 생각했는데. '아뿔싸, 오산이었다.' 꽤나 험한 산을 타기 시작해 한참을 가야만 했다. '그냥 돌아갈까?'라는 생각이 문득문득 들었지만, 시작하면 끝을 보고 마는 성격에다 이제껏 움직인 거리가 아까워 힘겨워하는 아들을 설득해 가며 전진해갔다.

고생 끝에 낙이 온다고 했던가. 와인글라스 베이에 다다르자 정말 꿈에서나 볼 것 같은 아름다운 해변이 눈앞에 펼쳐진다. 새하얀 모래사장이 동그랗게 코발트 빛 바다를 감싸고 있다. 와인잔을 정말 제대로 닮았다. 부드럽고 우아한 모습에 바닷물도 왠지 달콤할 것 같다. 사람들도 거의 없어 '원시 그대로의'의 해변이 마치 우리 것만 같았다.

'다시 못 올 것만 같은 이 장소를 내 기억에 어떻게 담아 갈까?' 하지만 우리에게 주어진 시간은 겨우 2시간 남짓. 점심을 먹고 느지막이 방문했기에 해지기 전에 돌아가려면 시간이 많지 않았다. 조금이라도 해변 구석구석의 아름다움을 더 느끼고 싶어 애가 탔지만, 아들 녀석은 어느새 모래놀이와 바다생물 관찰을 위해 자리를 잡았다.

"아빠랑 해변을 좀 돌아보는게 어때? 저기로 가면 더 멋있을 것 같은데…."

"싫어, 아빠 혼자 다녀와. 나는 좀 바쁘니까."

분위기를 즐기고 싶어 해변을 산책하자고 해도 이 녀석은 바위 틈 구석에 처박혀 벌써 모래놀이에 정신이 없다. 어린 아이를 혼자 두고 다닐 수도 없는 노릇. 멀리 가지 못하고 그냥 주변에서 서성인다. 아름다운 경치를 혼자 보는 것이 아까워 사진을 이리저리 찍어 보지만 휴대폰으로 찍은 사진이 제대로 나올 리 없다. 내 기억 속에 조금이라도 더 각인되도록 보고 또 본다.

나는 경치에, 아들은 모래놀이에 정신이 팔려 2시간이 훌쩍 가버렸다. 그러다 현실로 돌아왔다. 이제 숙소로 돌아가야 할 시간. 다시 산을 넘어 머나먼 길을 돌아갈 것을 생각하니 까마득했다. '아들을 데리고 다시 산을 타야 하는데, 이 녀석이 지겹다고 보채거나 다리가 아파 못 걷겠다고 하면 어쩌나?'

하늘이 도운 걸까? 다행히 돌아가는 길은 전혀 지겹지 않았다. 아들 녀석이 보채기는커녕 신이 나 앞장서서 걷는다. 저녁 무렵이 되어서인지 여기저기에서 왈라비, 캥거루를 비롯한 야생동물이 나타났다. 아들에게는 동물이 나타나 주면 모든 것이 해결된다. 동물만 보면 아프다가도 낫는 녀석이기 때문이다. 심심할 틈도 없이 순식간에 산을 넘었다. 어째 거리가 줄어든 느낌이다. 고맙게도 왈라비는 떠나는 마지막 순간까지 나타나주었다. 차를 세워 둔 주차장과 화장실까지 따라와 우리를 배웅해 준다. (사실은 사람 손을 타 먹이를 받아먹기 위해 나타난다고 한다.)

눈부시게 아름다웠던 와인잔 해변. 와인잔을 닮아 그렇게 부르고 있다고만 생각했는데. 다녀오고 나서 슬픈 사연이 있음을 알았다. 그곳은 예전에 고래사냥을 하던 곳이라 했다. 바닷물이 고래들의 피로 붉게 물들어 레드 와인이 출렁이는 와인잔의 모습과 같아 그렇게 이름 붙여졌다는 끔찍한 얘기였다. 그 사실을 미리 알았더라면, 그곳이 조금은 다르게 보이지 않았을까?

## 시훈이의 일기

(제목: 화장실의 왈라비) 오늘 와인글라스 베이에 갔다. 모래놀이가 할 만했다. 저녁 때가 되니 왈라비가 많이 활동했다. 어떤 녀석은 가라고 했는데도 애교를 부리며 차 옆에 서 있었다. 그리고 또 왈라비 한 마리가 똥이 마려운지 화장실 앞에서 기다리고 있었다. 정말 웃겼다.

---

* 와인글라스 베이(Wineglass Bay)는 타즈매니아 섬의 프레이시넷(Freycinet) 국립공원에 있는 해변으로 세상에서 가장 아름다운 해변으로 손꼽히는 곳이다. 개발을 하지 않고 자연 그대로 보존하고 있기에 왈라비(캥거루과), 앵무새 등 야생동물도 자주 목격된다.

# 오리도 날고 우리도 날고

안타깝게도 17년의 직장생활 동안 제대로 된 하늘을 본 기억이 없다. 아니, '쳐다볼 생각도 못했다'라고 하는 것이 맞을 듯하다. 학창시절, '힘이 들 땐 하늘을 봐~ '라는 노래* 구절을 그렇게나 흥얼거렸었는데. 어찌된 일인지 하늘을 쳐다볼 여유도 없이 살았고, 그마저 가끔씩 바라본 하늘은 미세먼지가 가득한 모습이었다. 불행하게도 살던 집도 하늘이 보이지 않는 곳이었다. 그래서일까? 어느 순간, 하늘을 맘껏 볼 수 있는 산에 오르는 것을 좋아하게 되었다.

여행을 할 때에도 어김없이 방문하는 지역의 높은 곳을 찾아본다. 특히 3일 이상 지낼 경우, 첫째 날에 그 지역을 조망할 수 있는 전망대나 산에 오르면 대략적으로 해당 지역을 파악하는데 도움이 된다. 타즈매니아 제1의 도시인 호바

트(Hobart)에 와서도 근처의 '웰링턴(Wellington) 산'에 올라가 보기로 했다. 현지인들에게는 그냥 '마운틴'이라고 불릴 정도로 자주 찾는 친근한 곳이다.

샌드위치와 과일로 점심 도시락을 준비해 마운틴을 찾았다. 기분 좋게 산을 오르며 중간에 도시락도 까먹는다. 주변 경치를 즐기며 오르다 보니 힘들어 할 겨를도 없이 어느새 정상이다. 바위산에 올라 아래를 바라다본다. 미세먼지가 전혀 없어 세상 모든 것이 보이는 것 같다. 하늘에는 구름이, 바다에는 섬들이 떠다니고, 바다는 하늘보다 파랗다. 시원하게 불어오는 부드러운 바람과 향긋한 맑은 공기. 그렇게 가만히 상쾌한 기분을 만끽하던 중, 아들 녀석이 느닷없이 두 팔을 펼치고 날개 짓을 한다.

"아빠, 새가 된 느낌이야."

그렇다. 하늘을 날고 있는 듯한 그 자유로운 기분. '정말 새가 되면 이런 느낌이지 않을까?' 날씨도 맑고 먼지도 없으니 시야가 끝없이 펼쳐지고, 우리는 높이 날아올라 저 아래 대자연과 인간 세상을 바라보는 착각을 하게 된다. 그렇게 새가 되어 하늘을 실컷 날았다.

한참 후, 현실로 돌아왔다. '이렇게 때묻지 않은 자연에서 살 수 있다면 얼마나 행복할까?' 미세먼지 가득한 도시에서 힘겹게 숨쉬며 살아온 인생. '앞으로도 난 또 숨쉴 틈 없이 살아가겠지?' 그러니 지금 이 순간만이라도 숨 좀 쉬고, 맑은 공기를 맘껏 마셔 본다.

"아빠, 여기 공기 좋지. 한국으로 담아갈까?"

맑고 신선한 공기, 이곳의 공기를 한국에 가져가고 싶다고 했더니, 아들 녀석이 아이디어를 냈다. 마시고 난 생수병에 타즈매니아 공기를 넣어 가자고 한다. 한술 더 떠 엄마에게 선물로 주고 싶다고 그런다. 마침 엄마 생일이 그맘때라 선물이 필요했나 보다. 정말 농담처럼 하는 얘기지만 언젠가는 공기도 돈을 주고 사 먹을 날이 올 것만 같다. (실제 타즈매니아 공기를 캔으로 담아 중국, 인도 등지로 수출한다고 한다.)

"그래, 좋은 생각이야. 우리 실컷 마시고 마음껏 담아가자."

그리하여 웰링턴 산의 공기를 가득 담은 페트병이 2개나 생겼다. 어찌 보면 보잘것없지만 녀석에게는 무엇보다 귀한 선물. 아들은 그 소중한 선물을 여행이 끝날 때까지 자신의 가방에 고이 간직했다.

이날 숙소는 외곽의 어느 강변에 있는 모텔로 잡았다. 전혀 고급스럽지는 않았지만 때묻지 않은 자연과 맑은 공기가 있는 곳. 운치 있는 강가를 바라보는 앞마당에는 토끼가 뛰어다니고 오리들이 날아다녔다. (오리는 못 나는 줄 알았는데 여기 오리는 날았다.) 숙소가 마음에 쏙 들었다. 무엇보다 아들 녀석이 오리와 놀기 좋아해 따로 놀아줄 필요가 없었다.

* 곡명: 〈 혼자가 아닌 나 〉 서영은

## 시훈이의 일기

　　(제목: 3총사 오리 날다) 오늘 산에 올라 갔다 왔다. 공기도 좋고 전망도 좋았다. 새가 된 느낌이었다. 엄마 선물로 페트병에 공기도 담았다. 숙소에서 오리 3총사를 발견했다. 날아다니는 오리다. 대장은 암컷 '추억이'이고, 그 다음은 수컷 '우정이'와 '오리 씨'이다. 오리몰이를 할 때 대장이 날아가 버렸다.

2부

분
노
의

질
주

## 색다른 상해 여행과 배짱

중국 항공사를 많이 이용한다. 가격이 절대적으로 싼 것이 주된 이유이고, 한편으로는 경유를 하며 경유지에서 여행하는 것을 즐기기 때문이다. 원래 중국을 여행하려면 비자를 받아야 하는데, 귀찮기도 하고 비용도 발생한다. 그러니 일부러 돈 들여 비자를 받아 여행하기에는 썩 마음이 내키지 않는다. 그래서 나는 경유하는 도중에 '경유 무비자 제도*'를 활용해 중국의 주요 도시를 여행하는 방법을 생각해 냈다.

이번에도 중국 항공사를 이용했다. 상해를 경유해 대만을 다녀오는 항공편인데, 대만을 최종 목적지로 하고, 가고 오면서 무비자로 상해를 여행하기로 했다. 그리고 숙소는 생뚱맞게도 공항 근처로 정했다. 아들이 가보고 싶은 곳 위주로 계획하다 보니 동물원이 중심이 되었고, 마침 상해 동물원이 공항과 가까이 있었다.

상해 동물원. 다른 이들은 상해에서 거들떠보지도 않는 곳인데, 우리는 하루를 온전히 투자하기로 했다. 드디어 동물원을 찾은 날, 들어서자마자 그 거대한 규모에 입이 떡 벌어졌다. '대륙의 스케일'답다. 그리고 곧 엄청난 볼거리에 다시 한번 놀랐다. 호주에서도 보지 못했던 하양 캥거루를 비롯해 희귀 동물들이 도처에 있었다. 마음 같아서는 꼼꼼히 모든 곳을 돌아보고 싶었지만 체력이 문제였다. 5시간을 쉬지 않고 걸어 다니다 보니 발바닥이 아파 못 걸을 지경이다. 수많은 중국인들 틈에 치여 체력소모가 더 컸을 수도 있다. 아쉽지만 결국 못 본 동물들은 다음에 보자고 아들과 약속했다.

그 약속은 며칠 후 바로 이루어졌다. 한국으로 돌아가는 길에 다시 상해를 경유하면서 재방문하기로 한 것이다. 상해에 다른 갈 곳들도 많은데, 어디를 가고 싶냐는 질문에 아들 녀석은 동물원에 한 번 더 가겠다고 했다. 바로 얼마 전 갔던 곳인데…. 2번 정도는 가야 제대로 볼 수 있다고 하니 할 말을 잃었다.

사실 다시 가겠다는 아들의 요구를 뿌리치지 못한 데에는 사연이 있다. 나는 어렸을 때 동물원에 거의 가보지 못

했다. 그 시절엔 제대로 된 동물원도 없었고, 있다 해도 입장료가 큰 부담이었다. 고향에 서커스단이 찾아왔을 때에도 호랑이, 곰을 비롯한 동물쇼를 광고하곤 했는데, 바깥에서 호객하는 원숭이만 보고 돌아섰던 기억이 있다. 어쩌면 그런 기억으로 인해 아들의 요구를 무작정 들어주고 있는지도.

상해 동물원을 오갈 때는 항상 지하철을 탔다. 그런데 지하철을 탈 때마다 우리는 매번 작은 실랑이를 해야 했다. 지하철 표를 살 때마다 아들이 징징거렸다.

"아빠, 나도 표 사줘!"

"넌 그냥 표 없이 타도 상관없어. 걱정하지 마!"

아들이 쓸데없는 걱정으로 스트레스를 받고 있었다. 상해에서는 어린이 지하철 요금을 나이가 아닌 키로 한다. 130cm가 넘으면 성인 요금을 내고, 넘지 않으면 어린이로 적용되어 무료이다. 아들의 키가 딱 130cm 정도로 애매했다. 가끔 키를 재는 역무원이 있는 경우도 있지만 그냥 무료로 타면 아무 지장이 없다. 하지만 겁 많고 순진한 아들 녀석은 '공안(중국 경찰)'처럼 제복을 입은 사람으로부터 무슨 얘기라도 들을까 봐 자기도 표를 사달라고 했다. 아들 녀석이 배짱이 없다. 싸울 형제도 없이 혼자 외롭게 커서 그런지 겁이 많고 잔걱정도 많다. 험한 세상에서 어떻게 살아갈까 걱정이다.

중국에서 지내다 보면 배짱 좋은 중국인들을 많이 본다. 그 많은 사람들 틈에서 생존을 위해 치열하게 살아가다 보니, 그들은 어찌 보면 억지스럽기까지 할 정도로 배짱이 대단하다. 나도 예전에 중국에서 지내던 시절이 있었다. 2년 가까이 살며 꽤나 배짱을 키웠다. 그런데 이제 어느덧 그 배짱이 사라져 버린 걸까? 아들의 걱정이 나에게 전염되었다. 괜히 무슨 문제라도 생길까 봐 살짝 염려가 되기 시작했다. 처음에는 무료로 이용하다 결국 나중에는 표를 사주고야 말았다.

천성은 어쩔 수 없는 걸까? 그러고 보니 아들의 소심한 성격이 나를 닮았다.

## 시훈이의 일기

(제목: 상해 Zoo) 오늘 상해 Zoo에 갔다. 에버랜드 전체 보다 컸다. 이름은 동물원인데 놀이공원, 수족관, 동물원 세 가지 역할을 다 한다. 다는 못 봤지만 하여튼 재미있는 시간이 되었다. 그런데 지하철 요금이 500원인데 아빠가 표를 사주지 않아 곤란했다.

---

* 경유 무비자 제도: 중국 본토의 주요 도시를 경유할 경우, 53개 국적의 여행자에 대해 72시간 혹은 144시간 동안 무비자로 출입국 가능하도록 한 제도로 비용이 발생하지 않는다. (현재는 코로나로 인해 일시 중지 상태임)

# 동물원에서 비를 맞으며


비, 비, 비, 비, 비, 비, 비…. 대만을 여행하는 7일 동안 하루도 빠짐없이 비가 예보되어 있었다. 여행에 있어 날씨는 무엇보다 중요한데, 하필이면 우리가 갔을 때가 우기였나 보다. 그나마 다행인 것은 비가 하루 종일 내리지는 않고, 예고없이 수시로 내렸다 그치는 식이었다. 그래서 언제 올지 모르는 비에 대비해 비옷과 우산을 휴대하여 다녔다.

아들 녀석이 손꼽아 기다리던 동물원을 가는 날에도 비가 올 거라고 했다. 출발을 망설이다 어차피 동물원을 한번 가기로 했으니, 비 맞을 각오를 하고 나섰다. 다행히 가는 길에는 비가 오지 않아 큰 불편없이 동물원에 도착했다.

아시아 최대의 동물원이라는 '타이베이 시립동물원'. 입장료가 아들과 둘이 합쳐 4천원도 되지 않는다. 저렴한 입장료가 반갑기는 했지만, 값이 싼 만큼 볼거리가 없지 않을까 염려되기도 했다. 하지만 동물원에 입장하니 예상 밖이다. 산언저리에 위치해 주변 자연경관도 수려하고, 내부시설도 깔끔하게 정돈되어 있다. 물론 구경할 동물 친구들도 많았다. 중화권의 간판 동물인 판다는 말할 것도 없고, 호주 외의 국가에서는 보기 힘든 코알라와 화식조까지 있었다.

기분 좋게 돌아다니고 있던 중, 역시나 우려했던 비가 갑자기 쏟아지기 시작했다. 비가 미친듯이 쏟아지다가 잠시 멈추고 하는 변덕스러운 날씨였다.

"흠, 소나기라서 조금 있다 그칠 거야. 비 좀 피하고 있다가 동물 구경하자."

비가 올 때는 잠시 건물 내부에 있다가 비가 그치면 돌아보자고 아들에게 제안했다. 하지만 이성적인 아빠의 제안이 감성적인 아들에게는 전혀 통하지 않는다.

"아빠, 이 정도 비는 맞아도 괜찮아."

아들 녀석은 비가 오니 더욱 신이 나서 일부러 맞으며 뛰어다닌다. 대책 없는 놈이다. 준비해 온 우산도 쓰지 않으려한다. 이왕 이렇게 된 바, 나도 우산을 접고 이성도 잠시 접어두기로 했다. 어쩌면 여행이 주는 순수한 기쁨을 누릴 기회일지도 모르니….

결국 비를 쫄딱 맞고 말았다. 다행히 사람들이 없어 남을 의식할 필요가 없었고, '누구의 방해도 받지 않고 동물들을 실컷 구경했다. 그 큰 동물원이 마치 우리 것만 같았다.

어른이 되어서는 일부러 비를 맞아본 적이 없다. 아들 덕에 어린 시절로 돌아간 느낌이었다. '그 때는 비가 오든 눈이 오든 아무 뒷걱정 없이 뛰어놀았지. 옷을 버리든 신발을 버리든 개의치 않고….' 비를 맞으면 아주 찝찝할 거라 생각했는데 의외로 불편하지 않았다. 오히려 시원했다고 할까? 비가 그친 후, 동물원은 마치 모든 더러운 것들이 씻겨 내려간 듯한 상쾌한 모습이었다. 덩달아 우리의 기분도 왠지 상쾌해졌다. '여행을 할 때에는 비 오는 날을 달가워하지 않는데, 비 오는 날도 어찌 보면 나름 괜찮은데…?'

타이베이 동물원은 아들 녀석이 가장 즐겁게 놀았던 장소 중 하나였다. 오죽했으면 대만을 여행하는 동안 한 번 더 가자고 할 정도로. 아들의 기준에서 봤을 때, 이곳은 본인이 방문했던 수많은 동물원 중 다섯 손가락 안에 드는 동물원이 되었다. 아마도 비를 맞고 다녀서 더 좋아했는지도….

## 시훈이의 일기

(제목: 타이베이 Zoo) 오늘 대만 동물원에 갔다. 나이 많은 동물들이 많았다. 코알라 '패트릭'은 나보다 나이가 많았다. 비가 오려고 하니 호랑이가 활발하게 돌아다녔다. 다행히 귀한 화식조도 보았다. 비가 와서 재미있었다.

# 무더위와 짜증, 그리고 화풀이

싱가포르에서 하루는 센토사를 가기로 했다. 센토사는 싱가포르의 남쪽에 위치한 인공 섬으로, 종합 리조트이자 싱가포르의 대표적인 관광지이다. 본토와는 케이블카나 모노레일로 연결되는데, 섬으로 가는 길은 마치 전혀 다른 모험의 세계로 들어가는 듯한 느낌이었다. 아들 녀석은 많은 모험거리들 중 루지(LUGE) 타기와 아쿠아리움 방문을 원했다. 섬에 도착하자마자 우선 루지부터 타보기로 했다.

싱가포르를 여행하는 동안에는 폭염이 이어졌다. 이날도 날씨가 후덥지근하고 불쾌지수가 높은 날이었다. 땀을 뻘뻘 흘리며 땡볕에서 루지를 타는 것이 쉽지 않았다. 안 그래도 더워 죽겠는데, 보호장비를 뒤집어쓰고 아들 녀석까지 챙기다 보니 이래저래 짜증이 났다. 이 놈은 아빠의 상태를 아는지 모르는시 혼자 신나서 마음대로 행동을 한다.

"아빠, 나 먼저 간다."

자기 혼자서 저 멀리 쌩쌩 달려 나가는 것이었다. 아들 녀석은 루지를 타본 적이 없다. 혹시라도 루지를 타다 사고가 날까 걱정되어 주의까지 줬는데…. 솔직히 그리 위험한 상황은 아니었다. 하지만 순간적으로 너무 화가 나 즐겁게 노는 녀석에게 야단을 치고 말았다. 위험하다는 핑계로.

"왜 아빠가 시키는 대로 안 하니! 안 그래도 짜증나 죽겠는데…."

아빠의 고함소리에 놀라 아들 녀석의 기가 완전히 죽었다. 한동안 말없이 불편한 시간이 흘렀다. 그리고 나서 후회가 밀려오기 시작했다. '이제 이 녀석도 자기 하고 싶은 바가 있고 본인 생각도 있을 텐데, 내가 너무 통제하려고 드는 것이 아닐까?'

날씨가 무덥고 짜증나는 상황에서 사소한 말을 듣지 않는다고 괜히 엉뚱하게 화풀이를 했는지도 모르겠다. 아주 즐거운 순간을 내가 망친 셈이다. 절제를 잘 못하고 느닷없이 화를 내는 나 자신이 미워졌다.

'앞으로 아들이 커갈수록 어떻게 관계를 잘 유지할 수 있을까?' 별 일 아닌 일로 별별 생각이 다 들었다. 비록 아직은 어리지만 곧 부자간의 트러블에 대해 걱정할 시기가 올 것이다. 주변에서 '원만한 관계 유지'를 힘들어 하는 아버지들을 많이 보았다. 보통은 권위적인 아버지와 생각이 다른 아들 사이에 대화 부재로 인한 문제가 많았다. 나도 가끔은 대화가 아닌 권위를 아들에게 행사하고 있는지도 모르겠다.

잠시 반성을 해 본다. '내가 원하는 방향으로만 아들을 이끌어오지 않았나? 마치 내가 알고 있는 모든 것이 정답인 것처럼.' 여행을 하면서도 '내가 너를 위해 이렇게 많이 준비했는데 너는 그냥 따라 주기만 하면 된다'는 식으로 다녔던 건 아닐까?

계획했던 대로 아쿠아리움도 다녀왔다. 기대가 커서인지 실망도 컸다. 세계 최대 규모라고 광고하는데 별로 눈에 들어오는 것이 없었다. 아니면, 아들도 나도 마음이 불편해서 제대로 즐길 만한 기분이 아니었을지도….

## 시훈이의 일기

(제목: 센토사 섬) 오늘 센토사 섬에 갔다. 루지를 탔는데 씽씽 달려서 시원했다. 아쿠아리움에도 갔다. 세상에서 제일 큰 아쿠아리움이라고 설명이 되어 있는데, 수조만 크고 다른 아쿠아리움보다 작았다. 비치에도 갔다. 멸치 떼가 많았다.

# 오징어잡이 배를 타다

소박한(?) 로망이 있었다. 근사한 배를 타고 망망대해에서 석양이 지는 모습을 바라보는…. 비록 오징어잡이 배를 타고 나서긴 했지만 그 로망을 이루게 되었다. 베트남 푸꾸옥 섬에서 배를 타고 나가 해 지는 것을 보고, 어두워지면 오징어 낚시를 하는 투어를 예약했다. 아들과 나 모두가 하고 싶던 투어였다. 물론 아들의 소망은 그리 낭만적이지는 않고 단지 오징어를 많이 잡는 것이다.

잔뜩 들뜬 마음으로 배에 올랐다. 시원한 바람을 맞으며 1시간 정도를 갔을까? 해가 질 무렵, 드디어 바다 한가운데에 배가 멈췄다. 시선이 저절로 저 멀리 수평선 위의 태양을 향한다. 끝없이 펼쳐진 바다, 점점이 떠다니는 고깃배, 마지막 정열을 불사르는 태양… 시시각각 변하는 붉은 빛의 향연에 눈을 뗄 수가 없다. 아들 녀석도 말없이 멍하니 바라본다. 그 순간만큼은 다른 생각이 나지 않았다. 그저 바라보기만 해도 좋았다.

해가 사라지고 어둠이 내리자 아들 녀석이 그토록 바라던 오징어잡이가 본격적으로 시작되었다. 조금 전의 낭만은 어느덧 사라지고 이제 열심히 오징어잡이에 몰두한다.

'이래 봬도 나는 호주에서 바다낚시를 처음 나가 5분만에 물고기를 잡은 사람이다. 그것도 베이컨으로.' 비록 오징어잡이가 처음이지만 왠지 예전처럼 잘 풀릴 것만 같았다. 이번에는 제대로 된 장비와 가이드까지 있으니. 아들에게 예전의 그 '멋진 아빠'의 모습을 다시 보여줄 것을 상상하며 선원들이 시키는 대로 열심히 따라했다.

30분이 지났다. 아직은 반응이 없다. 원래 낚시는 세월을 낚는다고 하지 않던가. 이 정도로 포기할 내가 아니다. 자리 탓일지도 모르니 자리를 옮겨가며 최선을 다해 본다. 1시간이 훌쩍 흘렀다. 하지만 애타게 기다리는 오징어는 여전히 감감무소식이다. 뭔가 이상해 주위를 둘러보았다. 역시나 투어에 참가한 어느 누구도 잡은 사람이 없다. 다들 일찌감치 포기한 모습이다.

그 때, 선원으로 추정되는 사람들이 물고기와 오징어를 낚았다고 외쳐 댄다. 마치 낚시는 자기들처럼 실력이 있어야 할 수 있다는 듯 조롱하는 목소리다. '아무래도 요령이 있는 걸까?' 괜히 약이 올라 아들에게 평계를 대본다.

"흠, 아빠 생각엔 저 사람들은 아마 더 좋은 장비를 쓸 꺼야. 아니면 미리 잡아 둔 걸로 지금 잡은 척하는지도 몰라."

"알았어, 아빠. 아무튼 나 저기 가서 구경하고 올테니깐 아빠는 계속 노력해 봐!"

다행히 아들 녀석은 누가 잡든 별로 상관없는 눈치다. 내가 잡은 것은 아니지만 선원들이 잡아 올린 물고기와 오징어를 보며 마냥 즐거워했다. 그렇게 즐거운 투어로 마무리되었어야 했는데….

어쩐 일인지 그 날 따라 신경이 예민했다. 고단한 일정으로 몸이 힘들었던 걸까? 아니면 외로운 우리의 처지가 마음 아파서였을까? 배를 타고 돌아가는 길에 괜히 아들 녀석에게 화를 내고 말았다. 아들에게 계속 나댄다고 나도 모르게 짜증을 부렸다.

그 배에는 마침 한국인 가족이 타고 있었다. 엄마와 아빠, 아들과 비슷한 또래의 두 자녀가 투어를 즐기는 모습이 보기 좋았다. 그런데 막상 단란한 그 가족을 보자 괜스레 피하고 싶었다. '혹시 엄마는 어디 있냐고 물어온다면 아들 녀석이 상처받지 않을까?' 거기에다 우리를 딱하게 볼지도 모른다는 자격지심까지 들었다. 하지만 이 눈치 없는 녀석은

아빠의 마음도 모르고 계속 그들에게 다가가 어울리려 했다. '아빠와 둘만의 여행이 외로웠던 걸까?'

사실 아들은 엄마가 함께 하는 여행을 원했다. 그렇지만 엄마는 그럴 형편이 아니라 생각했다. 대학원에서 한창 하던 일과 공부를 관두고 선뜻 따라 나서기가 힘들었을 게다. 더욱이 남편이 놀고(?) 있는 상황에서 본인이라도 정신을 차리고 무언가 열심히 해야만 한다는 부담감이 있었는지도. 아내를 이해하기로 했다. (아니, 고마워해야 할지도 모르겠다.) 사람마다 가치관이 다르니 충분히 그럴 만하다. 하지만 어린 녀석이 이해하기는 쉽지 않을 테다. 왜 엄마는 두고 우리 둘만 여행하는지…. 몸이 멀어지면 마음도 멀어질 줄 알았는데, 떨어져 있으니 오히려 애틋하고 소중하게 되었다. 그래서였을까? 여행을 하며 그저 즐겁다가도 한 번씩 우울해지는 순간이 불쑥불쑥 찾아왔다.

가끔은, 아주 가끔은 아들과 둘이 여행하며 남의 시선을 의식하는 경우가 있다. 다른 이들은 과연 우리를 어떻게 생각할까? 초라한 행색의 아저씨가 엄마도 없이 아이를 데리고 다니는 모습이 어떻게 비춰질까? 비록 아들 녀석에겐 '사나이끼리 떠나는 여행'이라 했지만 엄마가 없는 상황은 아무래도 결핍된 느낌이다. 남을 의식하지 않고 살아가겠다고 그렇게 다짐했건만 나란 놈도 역시 어쩔 수 없나 보다.

영문도 모른 채 아빠가 화를 내는 모습에 아들은 시무룩해졌다. 그리고 투어는 어색하게 끝났다. '내가 왜 그랬을까?' 나 자신이 그 상황이 불편하고 부끄럽다고 엉뚱하게 화풀이를 한 것일지도. 아들에겐 미안했지만 미안하다는 말은 차마 못했다. 표현도 못하고 그저 언젠가 아빠의 마음을 알아주길 바라는 것은 바보 같은 희망일까?

## 시훈이의 일기

(제목: 오징어 낚시 투어) 오늘은 숙소 비치에서 물고기를 잡으려 했는데, 다 잡은 물고기를 놓쳤다. 점심을 먹고 낚시 투어에 갔다. 맨 처음엔 낚은 사람이 없었는데, 오징어, 물고기, 갑오징어 등이 다른 사람한테서 차례로 낚였다. 아빠는 아쉽게 못 잡았다. 그래도 재미있는 하루였다.

# 그들의 작은 사치

"아빠, 우리도 5성급 호텔에서 한번 자보자."

아들 녀석은 어떻게 좋은 건 알아가지고 눈치 없이 수시로 노래를 불렀다. 여행경비를 줄이기 위해 숙소를 1박 당 5~10만원 수준으로 잡다 보니 주로 호스텔 아니면 모텔을 전전했다. 그런데 호치민에서의 숙소는 5성급 호텔인 소피텔로 잡았다. 우리에게 5성급 숙소는 사치라는 것을 알지만, 조식까지 포함해 10만원 정도이니 마다할 이유가 없었다. 비수기 평일에다 물가가 싸다 보니 가능한 금액이리라.

고급호텔 답게 모든 것이 만족스러웠다. 배정받은 방은 화려함에 더해 전망까지 훌륭했다. 18층 수영장에서 물놀이도 하고, 피트니스센터에서 안 하던 운동도 했다. 조식은 못 보던 음식을 포함해 종류가 너무 많아 무엇을 먹을지 고민이 될 정도였다. 직원들도 모두 친절하고 서비스가 훌륭해 딱히 불만을 가질 사항이 없었다. VIP가 된 기분이었다. 하지만 한편으론 몸에 맞지 않는 옷을 입은 느낌이었다.

어떻게 하다 보니 4일 동안 못 누려본 사치를 누리며 지내게 되었다. 그런데 이런 고상한(?) 생활은 진정한 여행자를 자부하는 우리에게 부작용을 가져왔다. 막상 도시를 둘러볼 마음이 사라져 버린 것이다. 여행을 하면 항상 부지런하게 다니던 내가 어느새 게을러졌다. 아들 녀석도 덩달아 게으름을 피운다.

"아빠, 밖에 나가면 덥고 힘드니깐 그냥 호텔에 있자."

아들의 말이 아주 그럴 듯했다. 바깥으로 나가면 찌는 듯한 더위로 조금만 돌아다녀도 땀이 줄줄 흐른다. 말도 안 통하는 낯선 곳에서 가이드도 없이 아들을 데리고 다니면 고생할 게 뻔하다. 반면 호텔 안은 프랑스의 어느 궁전에 온 듯한 착각이 들 정도로 화려하고 편안했다. '어떡하지? 그냥 호치민에서는 호캉스나 즐기다 갈까?' 아들의 유혹에 넘어가려던 그 순간, 정신줄을 놓치는 않았다. '그래도 여행을 왔으니 3박 4일을 호텔에만 있을 수는 없지 않는가?'

"그럼, 우리 정말 가고 싶은 곳 몇 군데만 다녀오자."

아들을 설득해 사이공 동물원과 전쟁기념관만 다녀오기로 했다. 그리고 바깥 세상을 향해 어려운 발걸음을 옮겼다.

고르고 골라 방문한 곳들. 그런데, 들어서자마자 '아들 말을 들을 걸 그랬나?'라는 생각이 바로 들기 시작했다.

사이공 동물원은 동물들 상태에 저절로 눈살이 찌푸려졌다. 동물들이 굶주려 야위어 있고, 더위에 지쳐 탈진한 녀석들도 보였다. (심지어 물에서 사는 수달이 물 없이 생활하고 있었다.) 우리도 무더운 날씨에 탈진할 것만 같았다. 쉴 곳도 없어 채 2시간도 안 되어 탈출하듯 나오고 말았다.

전쟁기념관에는 잔인한 사진투성이였다. 팔다리가 잘려나간 시체, 양민이 학살된 현장, 고문하는 기구… 어른인 내가 봐도 눈뜨고 보기 힘들 정도였고, 노골적으로 '미국의 만행'을 비난하고 있었다. '그렇다면 우리나라도 그들에겐 나쁜 나라가 아닌가?' 미국을 도와 전쟁에 참여했던 나라의 국민으로서 불편하고 혼란스러운 감정이 들었다. '지금은 한국에 우호적인 베트남과의 관계가 앞으로 어떻게 될까?'

후덥지근하고 불쾌했던 바깥 세상을 잠시 겪어보고 별천지인 숙소로 돌아왔다. 에어컨이 빵빵한 호텔방의 푹신한 침대에 누워 이런저런 생각을 해본다. '과연 앞으로도 우리가 베트남에 와서 이렇게 호사를 누릴 수 있을까? 지금은 한국인에게 호의적이고 물가도 싸지만 앞으로는 어떻게 변할까?' 어제의 적이 오늘의 친구가, 그리고 오늘의 친구가 내일의 적이 되는 냉철한 세상. 게다가 경제성장으로 물

가까지 오른다면. 어쩌면 이번이 베트남에서 누리는 마지막 사치일지도….

　베트남을 떠나며 아들 녀석이 '작은 사치'가 즐거웠는지 호치민에, 그리고 이 호텔에 다시 오겠다고 한다. 그런데 말이지. 다음에 올 때쯤엔 아마도 몸에 맞는 옷을 입고 더 많은 곳을 돌아봐야 하지 않을까?

# 시훈이의 일기

    (제목: 사이공 동물원과 전쟁기념관) 사이공 동물원에 갔다. 수달 우리에는 설명 표지판도 없고, 물도 없었다. 동물들이 힘들어 하고 있었다. 원숭이 우리에는 전염병을 옮기는 쥐들이 있었다. 전쟁기념관에도 갔다. 잔인한 사진들이 아주 많았다. 고생 끝에 드디어 호텔로 가서 쉬었다.

# 천사의 도시와 슬픈 추억

#1 꼬여버린 시작

'뭔가 불안하다. 이번 여행의 시작도 순조롭지 않은데….'

미국 여행을 며칠 앞두고 아들이 열감기 증상을 보였다. 출국일이 다가올수록 여행에 대한 기대와 흥분보다는 걱정이 마음에 자리잡았다. '여행을 취소해야 하나?' 고민으로 잠을 못 이룰 지경이었다. 한 달 넘게 준비한 여행. 어떻게든 가야 하는데…. 'LA는 천사의 도시(Los Angeles)니깐 LA에 도착하면 모든 것이 잘 풀릴 거야.' 말도 안 되는 주문을 걸어가며 나는 여행을 미련하게 밀어 부치고 있었다.

결국 아픈 녀석을 데리고 비행기에 올랐고, 우려했던 상황이 발생하기 시작했다. 비행기를 타자마자 아들은 열이 오르기 시작해 그토록 하고 싶어했던 기내오락도 못하고 잠만 자며 끙끙 앓는다. '제발 아무 일 없기를….' 속이 타 들어 간다. 비행시간 동안 아무것도 못하고 걱정과 기도만 번갈아 했다. 다행히 기내에서 심각한 상황이 발생하지는 않았다. 그럼에도 태어나서 가장 길고 힘든 비행이었다.

LA에 도착해 어서 빨리 숙소로 가 쉬고 싶었다. 하지만 가는 날이 장날이라더니. 입국심사도 짐을 찾는 것도 그 날 따라 왜 그리 오래 걸리는지. 1시간 넘게 줄을 서서 대기하다 보니 멀쩡했던 나도 점점 시들어갔다. '조금만 더 버티자. 이제 예약해둔 렌터카만 찾아 숙소로 가면 된다.' 힘들어 하는 아들 녀석을 챙겨가며 정신력을 최대한 발휘해 렌터카 대여소로 향했다.

많은 사람들로 붐볐던 LA공항 렌터카 대여소. 천사 같은 직원이 기다리고 있을 줄 알았는데. 그런 기대는 곧 허물어졌다. 뒷골목에서나 볼 것 같은 흑인 여성이 등장했다. 거대한 덩치에 무서운 인상, 흉측한 팔뚝 문신에 피어싱을 한 코, 피곤한 표정에 짜증 섞인 말투… 천사와는 거리가 멀었다. 자기 말만 일방적으로 뭐라고 지껄인다. 듣자 하니 추가 보험을 계속 강요한다. '내가 만만한 동양인 여행객이라 타깃이 되었나?' 처음에는 3주간 500불에 달하는 보험을 가입

하라고 하더니, 계속 거부하자 그럼 270불짜리 보험이라도 하라고 한다. 사실 예약 시에 기본적인 의무보험이 가입되어 있어 추가할 필요가 없었다.

"추가보험 없이는 렌트를 못 해 줍니다!"

더 이상 말하기 귀찮은 듯 대뜸 소리까지 버럭 지른다. 이런 억지가 없다. 거의 협박하는 투로 얘기하는 그 모습이 천사는커녕 마치 악마와 같다.

"캘리포니아주 규정상 추가보험이 꼭 필요한 거 모르세요?"

내가 영업에 넘어오지 않자, 또 다른 악마가 나타났다. 마치 의무사항인 것처럼, 그녀의 뒤에서 지켜보던 백인 남성까지 거든다. 교활한 눈빛과 야비한 표정. 단번에 거짓말을 하고 있음을 알아챌 수 있었다. 거의 조직 사기단 수준이다. 금방 도착해 시차적응도 안 된 외국인을 대상으로 등쳐먹는 느낌이다. 분명히 예약을 할 때 추가보험은 선택사항이라는 것을 확인했다. 그리고 보험영업에 당한 다양한 사례들에 대해서도 듣고 왔다. 알면서도 당한다는 것이 이런 것일까? 여기저기서 실랑이하는 소리가 들리는 것으로 봐나 같은 희생자가 한 둘이 아닌 듯했다. '언제까지 이렇게 싸워야 하나?' 아픈 아들 녀석이 계속 눈에 밟힌다. 벌써 30분 넘게 이 시끄러운 곳에서 불편한 의자에 기대어 쓰러져 있다.

"내가 졌어요. 270불짜리 보험에 가입할께요!"

결국엔 불의에 타협하고 말았다. 어쩔 수 없었다. 몸 상태가 안 좋은 아들이 옆에서 힘들어 하기도 했고, 나 또한 싸울 힘이 다했다. 어서 빨리 악의 무리에서 벗어나 숙소로 가 쉬고 싶은 마음에 손을 들고 말았다. 그리고는 스스로를 위로했다. '그래도 수고했어. 때로는 지는 게 나을 때도 있는 법이야. 계속 무리해서 싸웠더라면 장렬하게 전사했을지도 몰라.'

너덜너덜해진 몸과 마음을 렌터카에 억지로 싣고 숙소에 도착했다. 이제 어떻게 해야 할지 이미 알고 있었다. 일단 회복될 때까지는 아들도 나도 '무조건 휴식'이다.

#2 서브웨이

LA의 외곽 모텔에서 열감기로 누워있는 아들 녀석을 바라보며 문득 데자뷔가 떠올랐다. 그러고 보니 8살 아들과 떠났던 첫 여행지 호주에서도 비슷한 악몽을 겪었다. 가고 싶은 곳을 왕창 준비했지만 아무 데도 못 갔던 그 가슴 아픈 기억.

LA에서 3일째 날, 아들의 열이 잠시 내린 것 같아 한번

나가 볼까 고민이 되었다. LA에 있는 '캘리포니아 사이언스 센터'는 아들 녀석이 무척 가고 싶어 했던 곳이다. '아직도 몸 상태가 제대로 회복되지 않았는데 아들을 데리고 나가는 것이 괜찮을까?' 한참을 고민하다 아들도 답답해하는 것 같아 한번 도전해 보기로 했다.

숙박비를 아끼려 숙소를 LA의 외곽에 잡다 보니 시내에 있는 사이언스 센터까지는 거리가 상당했다. 제법 먼 거리를 조금은 불안한 마음으로 1시간 정도 운전해 갔다. 도착할 무렵, 조용하던 아들 녀석이 그제서야 입을 열었다.

"아빠, 나 참으려고 했는데… 너무 힘들어."

얼굴만 봐도 상황이 짐작되었다. 열이 나기 시작한 지 꽤나 된 것 같은데 이 녀석이 사이언스 센터에 가고 싶은 마음에 미련하게 참았나 보다. 그 상태로 바로 되돌아가는 것도 아닌 것 같아 일단 센터 주차장에 차를 세웠다. 그리고는 센터 로비의 벤치에 아들을 눕혔다. 머리를 식히기 위해 물수건으로 아들의 이마를 계속 닦아준다. '제발 좀 아프지 마라. 이 녀석아.' 너무 속상하고 마음이 아파 화가 날 지경이다. 그렇게 30분이 지났을까? 아들의 열이 도무지 내리지 않는다. 그럼, 이제 어떡해야 하나? '해열제 말고는 방법이 없는데 이렇게 계속 약을 먹이는게 맞을까?'

구경은 일찌감치 포기한 상태이고 이제는 생존이 우선이

다. 무언가 먹을 곳을 찾아야 했다. 점심 때가 되기도 했고, 아무래도 식사를 하고 약을 먹는 것이 나을 것 같았다.

"약 먹기 전에 어디 가서 뭐 좀 먹자. 괜찮겠니?"

"아빠, 그럼 나 그냥… 차에서 먹을래."

다 죽어가는 목소리로 힘들어 한다. 내 생각에도 사람들로 복잡한 곳에서 먹는 것 보다 포장해와 차에서 먹는게 나을 것 같았다. 차를 타고 주변을 둘러보며 음식을 사올 만한 곳을 찾았다. 마침 저 멀리 낯익은 '서브웨이(Subway)' 샌드위치 간판이 보인다. '그래, 샌드위치가 그래도 햄버거 보다는 낫지 않을까?'

상태가 좋지 않은 아들 녀석을 차에 두고, 샌드위치를 주문하기 위해 줄을 섰다. '그런데 어떻게 주문하는 거지?' 서브웨이는 한국에서도 본 적이 있지만 한 번도 이용해 본 적은 없었다. 직원이 뭐라고 설명하는데 제대로 알아들을 수가 없다. 게다가 빵, 야채, 소스 등을 골라야 하는데 영어 단어도 생각나지 않는다. 그 와중에 차에 두고 온 아들도 계속 신경이 쓰인다. 비록 잠시이긴 하지만 미국에서는 아이를 차에 방치했다고 오해를 살 수도 있다.

손짓 발짓하며 겨우 샌드위치를 주문했다. 그러고는 아들 녀석이 걱정되어 황급히 차로 달려갔다. 아들은 뒷좌석에 누워 왜 이제서야 왔냐는 표정으로 끙끙대고 있었다.

"아빠가 좀 늦었지? 오래 기다리게 해서 미안…."

샌드위치 하나 사오는 것이 뭐 그리 큰일이라고 왜 이리도 힘이 드는지. 힘들게 포장해온 샌드위치를 아들에게 억지로라도 좀 먹어보라고 권한다.

"배 고팠지? 약 먹어야 하니깐 조금이라도 먹어봐."

"아빠, 미안한데… 이거, 도저히 못 먹겠어."

아들은 겨우 한 입 베어 먹더니 더 이상 못 먹겠다고 했다. '왜 그러지?' 어떤 맛일지 궁금해하며 살짝 베어 물었다. 이런, 멀쩡한 내가 먹어도 잘 넘어가지 않는다. '무슨 빵이 이렇게 딱딱해.' 빵껍질에 입천장이 벗겨질 지경이다. 게다가 이름모를 야채와 햄은 시큼하고 짜기만 했다. 아무 생각없이 고른 소스는 느끼함을 넘어 '맛없음'을 확정 짓는 '화룡점정'이었다.

결국 그 날 이후, 서브웨이는 아들이 완전히 외면하는 브랜드가 되었다. '이런 식으로 트라우마가 생겨나는 걸까?' 미국을 여행하는 동안 자주 눈에 띄었지만 더 이상 가지 않았다. 심지어 한국에 돌아와서도 아주 오랫동안. 그리고 그 샌드위치는 우리에게 영원히 '추억의 빵'으로 남게 되었다.

우리는 LA에 있는 동안 특별히 한 것 없이(아니 할 수 없이) 숙소에만 머물렀다. 3박 4일 동안 아들 녀석은 누워있기를 반복하며 고열로 힘들어했고, 나는 아들을 간호하며 마음 아파했다. 가고 싶은 곳을 왕창 준비했지만 아무데도 못 갔다. 안타깝게도 LA에서는 천사를 만나보지도 못했고, 만날 시간도 주어지지 않았다.

## 시훈이의 일기

(제목: 아깝다) 오늘 사이언스 센터에 갔다. 1시간 걸려서 갔다. 점심은 아주 맛없는 걸 먹었다. 그러나 아파서 안에는 구경도 못하고 다시 숙소로 왔다. 너무 아쉬웠다.

# 하늘이 내려준 선물

'뭐가 그리 대단하다고 그랜드를 갖다 붙였지?' 잔뜩 의구심을 가지고 그랜드캐년의 노스림* 지역으로 들어섰다. '우와! 사진으로는 도무지 이해할 수 없었는데….' 압도적인 경관에 온 몸이 저절로 반응한다. 태양 빛에 따라 색다른 모습을 뿜내는 거대한 협곡, 깊은 계곡에서 불어와 살갗을 간지럽히는 선선한 바람, 촉촉하면서도 달콤한 흙 내음, 요란하지 않은 동식물의 부드러운 속삭임… 그렇게 어느새 자연과 하나 되어 갔다.

'사람은 극히 미약한 존재에 불과하구나.' 대자연의 위대함 속에 있다 보니 자꾸만 부끄러운 생각이 들었다. '아무리 잘난 사람도 이곳에 오면 겸손해지지 않을까?' 자연에 대한 경외감으로 나 스스로를 낮추는 순간, 왠지 모를 마음의 평안까지 얻은 기분이다. 문득 아들 녀석은 어떤 느낌일지 궁금했다.

"여기 정말 좋다. 그렇지?"

"응, 그럭저럭. 다람쥐도 보이고, 독수리도 날아다니고…."

이런, 반응이 시원찮다. 이 녀석은 그저 가끔씩 출몰하는 야생동물에나 관심을 보인다. 아들의 표현을 빌자면 그랜드 캐넌은 그냥 '절벽'이었다. 낭떠러지 아래로 떨어지면 큰일 나는 곳이다. 멋진 곳에서 사진을 찍자고 해도 무서워 가지 않겠다고 한다. 녀석에겐 그리 대단한 곳도 아닌데 왜 위험을 무릅쓰는지 이해가 안 되는 모양이다.

"아빠, 경치 좋아? 경치 다 봤으면 이제 그만 가자."

오래오래 있고 싶었지만, 아들 녀석이 따분했는지 계속 가자고 보채기 시작한다. 해지는 모습까지도 봤으면 했는데…. '캄캄한 밤에 아이를 태우고 운전해 가는 것은 위험하겠지?' 아쉽지만 해가 지기 전에 숙소로 향해야 했다. 그런데 차를 운전한 지 10분이 지났을까? 아들 녀석이 흥분된 목소리로 요란을 떤다.

"아빠, 이게 무슨 일이야. 밖에 눈이 와!"

도저히 믿기지 않는 광경이 펼쳐졌다. 조금 전까지만 해도 무지 맑았는데 갑자기 하늘이 흐려지더니 한여름에 진눈

깨비가 내린다. 마치 꿈을 꾸고 있는 것만 같았다. 진눈깨비가 흩날려 주변이 온통 하얗게 변하더니 금방 신기루처럼 사라져 버렸다. '무언가 잘못 보지 않았나? 아무리 고도가 높아도 여름에 이런 일이 일어날 수 있는가?'

"아빠, 너무 이상해. 어떻게 한여름에 눈이 올 수 있지?"

아들 녀석도 신기한 듯 대답하기 곤란한 질문을 해온다. 하지만 나도 초자연적인 현상을 어떻게 설명할 도리가 없다. 그렇다고 모른다고 하기는 싫었다. 적어도 아들에겐 똑똑한 아빠이기에.

"원래 높은 산에서는 여름에도…. 흠, 그러니까… 눈이 오는 법이지…."

자신 있게 말은 꺼냈지만 어째 궁색하다. 나 역시 의문이 가시지 않아 숙소로 가자마자 현지인을 찾았다. 나이 지긋한 관리인이 있길래 이 신기한 현상에 대해 물어보았다. 그러자 고개를 갸웃하더니 본인도 이제껏 그 시기에 눈을 본 적이 없다고 한다. 그리고는 나와 비슷한 수준의 시답잖은 답변을 늘어놓는다.

"원래 고도가 높은 곳에서는 하절기에도 눈이 올 수 있지 않을까요?"

거짓말 같은, 꿈에서나 볼 것 같던 현상. 어떻게 해석해야 하나? 인터넷을 아무리 뒤져봐도 제대로 설명하는 내용을 찾을 수 없다. 그렇다고 아들에게 '기상이변'이라고 말하고 싶지는 않았다. 우리에겐 이상함을 넘어 소중하고 특별했기에…. 이 녀석이 어떻게 받아들일지 모르지만 당분간은 '하늘이 내려준 선물'로 생각하자고 했다.

그랜드캐년. 아들의 기억 속에 단순히 절벽으로 남기 싫었던 걸까? 그저 절벽을 보고 온 날로 끝나지 않고 소중히 기념할 수 있도록, 또 다른 신비로움을 우리에게 보여주고 싶었던 걸까? 그 누구도 믿지 않겠지만, 아들과 둘만의 비밀 추억으로 간직하기로….


## 시훈이의 일기

(제목: 신기한 현상) 자이언 국립공원을 떠나 그랜드캐년으로 갔다. 암사슴이 도롯가를 걸어 다니고, 큰뿔양이 바위 절벽에서 풀을 뜯어먹고 있었다. 가는 길에 야생 소도 봤다. 그랜드캐년은 절벽이었다. 그래도 다람쥐와 독수리가 있었다. 숙소로 돌아가는 길에 신기한 광경이 펼쳐졌다. 한여름에 눈이 내리기 시작했다. 너무 이상하다.

---

\* 노스림(North Rim): 그랜드캐년은 콜로라도 강을 사이에 두고 노스림(North Rim)과 사우스림(South Rim)으로 나뉘어 있다. 노스림은 2,438m로 사우스림 보다 높으며, 동절기에는 폭설 등으로 도로가 위험해 폐쇄되고, 5~11월에만 자동차로 접근할 수 있다.

# 동물원이 살아있다

미국 여행에서 가장 기대했던 옐로스톤*. 이곳에서 조금이라도 시간을 더 보내기 위해 가는 길에 있는 명소들도 과감히 스쳐 지나갔다. 그랜드 티턴(Grand Teton) 국립공원에서도 고작 2시간만 있었다. 현지인들은 캠핑, 카약, 낚시를 즐기며 며칠씩 머무는 곳을 우리는 산책도 제대로 못하고 사진만 찍어 간다.

드디어 우리의 버킷리스트에 오래 간직해온 옐로스톤이다. 나는 대자연을, 아들은 야생동물을 보기 위해 힘들게 달려왔다. 이곳은 미국인들에게도 인기가 많아 숙소 구하기도 어려웠다. 다행히 우리는 누군가 취소한 덕에 공원 안 숙소를 겨우 예약했다. 조그만 방 하나짜리 통나무집에 화장실도 없었지만, 잘 곳이 생겼다는 사실에 마냥 행복했다.

2박 3일의 시간이 주어졌다. '공원 하나를 3일씩이나 본다고?' 이상하게 생각할 수도 있겠지만, 충청남도 보다 넓은, 거대한 곳이라 시간이 부족했다. 쉴 틈 없이 옐로스톤을 탐험했다. 곳곳에 숨겨진 보물을 찾는 기분이었다. 색색깔의 물감을 풀어놓은 듯한 영롱한 빛깔의 간헐천과 호수, 야생이 살아있는 폭포와 계곡, 바라만 봐도 위로가 되었던 드넓은 초원과 고원….

다 좋았지만 한 가지 문제가 있었다. 그건 바로 악취였다. 어떤 장소에서는 유독 달걀 썩는 듯한 냄새가 심해 비위가 약한 아들 녀석이 민감하게 반응했다.

"아빠, 이 고약한 냄새는 뭐야? 우웩! 토할 것 같아."

"아, 유황 냄새, 별로 심하지도 않는데 뭘…."

지독한 냄새가 코를 찌르지만 눈 호강을 위해 거짓말도 하고, 불쌍한 코를 희생해가며 돌아다녔다. 유황 가스의 역한 냄새에 익숙해질 무렵, 그렇게 투덜거리던 녀석이 갑자기 신이 났다. 무언가 발견한 모양이다.

"아빠, 저기 좀 봐! 저기 저기! 바이슨이 있어."

아들이 가리키는 곳에 집채만 한 들소가 앉아 있었다. 멀리서 보았을 때에는 거대한 바위 덩이인줄 알았는데. 가까이서 보니 머리 크기가 몸뚱이 만한 것이… 어째 귀엽기도 하다.

"너무 가까이 가지 마! 아빠가 사슴 정도는 상대할 수 있지만, 그 녀석은 힘들어."

아들 녀석이 겁도 없이 다가가길래 주의를 준다. 순해 보이지만 언제 난폭하게 변해 달려들지 모르기 때문이다. 옐로스톤의 마스코트인 바이슨. 그래서인지 가는 곳마다 주인공처럼 등장했다.

수시로 출몰하는 동물들을 마주칠 때마다 아들 녀석은 신이 나 야단법석이다. 바이슨 떼가 차 앞을 가로막을 때에는 위협을 느낄 만한데, 이 녀석은 오히려 재미있다고 난리였다. 사슴 무리가 나타나 주위를 에워쌀 때에는 사슴 마을에 초대받은 느낌이라 했다. '야생동물의 천국'인 이곳, 옐로스톤은 아들에게 있어 하나의 '살아있는 동물원'이었다.

한번은 늑대를 보러 가기도 했다. 사실 늑대는 보기 힘들다는 것을 알고 있었다. 하지만 멋진 장소를 가보기 위해, 아들의 관심을 끌기 위해서는 늑대가 필요했다. 가끔 나는 동물 매니아인 아들에게 내가 보고 싶은 곳을 가려고 '야생동물을 보러 가자'곤 한다. 이제까지는 속아줬지만 언제까지가 될런지….

---

* 옐로스톤(Yellowstone)은 세계 최초의 국립공원이자 유네스코 자연유산이다. 간헐천, 폭포, 호수, 초원 등 대자연의 보고이자, 늑대, 곰, 바이슨, 사슴 등 야생동물의 서식지로도 유명하다.

## 시훈이의 일기

　(제목: 야생동물의 천국) 그랜드 티턴 국립공원에 갔다. 호수의 물은 매우 맑았다. 옐로스톤은 온천 위주로 갔다. 냄새가 아주 고약했다. 어떤 간헐천에는 바이슨들이 쉬고 있었다. 늑대를 볼 수 있는 라마 밸리로 가는 길에 바이슨 떼를 보았다. 수백 마리가 있었다. 그런데 라마 밸리에는 늑대가 없었다.

# 분노의 질주

모래바람이 부는, 한치 앞도 내다볼 수 없는 황무지. 선인장만 즐비한 이 사막에 아들과 나 둘 뿐이다. 낯선 황무지에 아들 녀석과 단둘이 있다는 사실만으로 두려움이 밀려왔다. 사실 운전대를 잡기 전, 여행에만 집중하고 싶어 외부와의 통신을 단절했기에, 도중에 무슨 일이라도 생기면 아무 방법이 없다. (휴대폰은 구글맵의 오프라인 지도를 다운 받아 네비게이션으로만 사용했고, 와이파이가 되는 숙소에서 가끔 인터넷을 사용했다.) 게다가 딱히 중간 지점에 가볼 만한 곳이 눈에 띄지 않아 하루 종일 운전만 하는 일정을 잡고야 말았다. '여행을 하는 동안 문제가 생기면, 주변 사람들에게 도움을 청하면 되겠지?' 이런 안일한 생각으로 여기까지 왔다. 하지만 막상 인적이 드문 지역을 운전해야 하는 상황에서 '사고라도 나면 어떻게 될까?'라는 걱정이 되기 시작했다.

앞으로 운전시간만 10시간이 넘는 거리를 달려야 한다. 눈 앞이 캄캄해진다. '그렇다면 걱정한다고 해결될 문제인가? 아니다. 이미 닥친 상황. 어쩔 수가 없다.' 걱정한다고 해결되는 것은 아니다. 그러나 걱정을 안 해야 한다고 생각할 수록 걱정이 밀려왔다. 나는 밀려오는 걱정을 잊기 위해 어느덧 악셀을 밟고 있었다. 살다 보면 가끔은 미치고 싶을 때가 있는데, 오늘이 그날인가 보다.

오늘 하루 그냥 고민 않고 미친 듯 달리기로 했다. 오전 9시에 출발해 4시간을 달리고, 중간에 잠시 마을에 들러 점심을 먹고, 또 6시간을 달린다. 내리쬐는 태양 아래 주변은 온통 사막이다. 생명체라고는 찾아볼 수 없을 듯한 거대한 황무지. 외로운 도로에는 뜨문뜨문 차가 보인다. 어느새 속도감이 무디어진다. 계기판을 보니 시속 90마일(145km)에 바늘이 가 있다. 가끔씩 황색 모래가 앞유리를 부술 듯 치고 지나간다. 반대편 차선에는 거대한 트럭이 무시무시한 속도로 미친 듯 달려온다. 황량한 서부에서는 모든 것이 미쳐 보였다. 정오 12시. 운전을 하며 온갖 잡생각과 엉뚱한 생각들이 떠올랐다. '이러다 차가 멈추거나 박살 나지 않을까? 혹시 브레이크가 고장 나면 어떡하지?' 황무지를 달리고 있자니, 마치 영화 '매드맥스, 분노의 도로'에 나오는 사막을 질주하는 듯한 착각도 들었다.

오후 3시가 지나자, 그 와중에 나의 몸도 이상 반응을 일으켰다. 알레르기에 민감한 나는 햇빛을 받으면 피부가 따끔거리고 눈에서 눈물이 난다. 햇살이 가득한 미서부의 여름날에 운전을 하다 보니, 계속 눈물이 쏟아져 시야를 가리는 것이 아닌가. 앞이 잘 보이지 않았다. '맞은편에서 미친 듯이 달려오는 트럭에 스치기라도 한다면….' 그렇다고 고속으로 달리다 도로에서 갑자기 차를 세울 수도 없는 노릇이다. 불행 중 다행으로 저 멀리 침침하게 공터가 보인다. 황급히 그곳을 향해 겨우겨우 속도를 줄여갔다. 차를 멈추자 흙먼지가 솟아올라 타이어 타는 듯한 냄새와 함께 매캐한 매연을 일으킨다. 내 의지와는 달리 눈에서는 눈물이 여전히 흘러내리고 있었다. 그렇게 고개를 숙인 채 한참을 울었다. 그러다 아들 녀석의 목소리에 정신을 차린다.

"아빠, 왜 울어? 무슨 일이야? 괜찮아?"

"응, 아무것도 아니야. 눈에 뭐가 들어갔나 봐. 좀 지나면 괜찮아."

아들에게는 괜찮다고 했지만 괜찮지 않았다. 스스로 통제되지 않는 알레르기 반응이 계속되면 어쩌나 걱정이 떠나지 않는다. 아들 녀석도 아빠의 이상한 행동에 걱정이 가득한 모습이다. 아빠의 약한 모습, 불안한 모습을 보여주지 않으려 했는데…. 아들도 눈치가 없을 리 없다.

애써 나 자신과 아들을 진정시키고 다시 또 달린다. 그럭저럭 버티다 오후 6시, 목적지에 도달할 무렵, 다시 한번 고비가 찾아왔다. 장거리 운전의 피로가 쌓여 팔다리의 감각이 무디어지고 눈도 침침해졌다. 사막의 끝에서 마주친 산악지대. 그 험한 산길을 넘을 때엔 제 정신과 제 몸이 아니었다. 게다가 하필 그 때, 하늘이 시커멓게 변하고 폭우까지 쏟아지는 것이 아닌가. 너무 어이가 없어 쓸쓸한 웃음이 나오기 시작했다.

'우와! 이거 장난 아니군. 스릴 넘치고 재밌는데…?'

미칠 것만 같았던 상황들이 드디어 나를 미치게 만들었다. 사람이 궁지에 몰리면 극단적인 행동을 하고 초인적이 된다고 하던데…. 내가 그 경지에 이르게 되었다. 마치 불가능에 도전하는 영화 속 주인공이 된 것만 같았다.

때로는 이유 없이 비정상적인 행동을 하고 싶은 경우가 있다. 살아오면서 쌓였던 분노와 스트레스를 날려버리고 싶었던 걸까? 미친 듯이 달리고 나니 속이 후련해졌다. 원인 모를 병으로 고통받던 환자가 완치된 것처럼 다시 살아나는 느낌이었다.

한편으론 '내가 낯선 곳에 와서 왜 이러고 있는가? 그것도 어린 녀석을 데리고 무엇을 하고 있지?'라는 생각이 문득 문득 들었다. 나 혼자면 몰라도, 아들과 함께 해서는 안 되는 미친 짓이었다. 처음이자 마지막 경험으로 나만의 비밀로 묻어두고 싶다.

## 시훈이의 일기

(제목: 차만 탄 날) 오늘 일어나 거의 4시간을 차를 타고 네바다 주립박물관에 갔다. 동물 박제들이 많았다. 엄청난 총기류도 보았다. 그리고 점심을 먹고 6시간을 차 타고 숙소로 갔다. 하루 종일 차를 타서 지겨웠다.

## 험난한 여정 #1 - 정말 아빠 맞아?

캐나다 육로 입국. 제대로 알아보지도 않고, 미국에서 쉽게 넘어갈 수 있으리라 생각했다. 시애틀에서 버스를 타고 국경을 넘기로 했는데, 시애틀과 밴쿠버의 외곽에 숙소를 잡았기에 이동이 많고 복잡했다. 아이를 데리고 여행 짐을 메고 끌고, 낯선 환경에서 처음으로 시도하는 일들. '하나라도 삐끗하면 안 되는데….'

시애틀 외곽의 숙소에서 아침을 먹자마자 나섰다. 시내로 출근하는 차량이 많아서인지 정체가 심하다. 30분 거리를 1시간이나 걸렸다. 그래도 일찍 출발했기에 늦지 않게 렌터카를 반납했다. 이제 밴쿠버행 버스를 타기 위해 버스 정류장을 찾아간다. 40분 넘게 지하철을 타고 낑낑대며 이동했다. 그런데 버스 타는 곳이 어디인지 모르겠다. 분명히 안내에 따라 찾아갔는데 버스표지판 하나 제대로 안 보인다. '내가 엉뚱한 곳으로 왔나? 명색이 국경을 넘는 버스인데 이런 장소가 맞을까?' 혹시나 하는 마음에 주변을 샅샅이 돌아보고는 사람들이 서 있는 주변에서 불안하게 기다린다. 버스가 나타나 주기까지 온갖 걱정으로 마음을 졸였다.

시애틀에서 밴쿠버까지는 버스로 약 4시간. (순수 이동시간은 3시간 남짓인데 도중에 국경을 넘는 곳에 정차해 입국심사를 받는다.) 버스를 타고 잠시 졸고 나니 벌써 입국심사장이다. 길게 늘어섰던 줄이 물 흐르듯 줄어간다. 우리도 그렇게 흘러가고 싶었는데…. 우리 차례가 되어 갑자기 입국심사관이 꼬치꼬치 캐물으며 시비를 걸기 시작했다. 수염이 무섭게 난, 덩치 큰 백인 남성이 아들에게 취조하듯 묻는다.

"캐나다에는 무슨 일로 온 거니? 옆에 있는 사람이 정말 아빠가 맞아?"

두려움에 긴장한 아들이 그렇다고 해도 믿지 않는 눈치다. 원래 엄마없이 아빠와 아이가 캐나다에 입국할 때에는 엄마의 동의서류가 필요하다고 한다. 아동보호를 위한 정책이라 했다. 어떻게든 정상적인 아빠라는 사실을 증명해야 했기에, 휴대폰을 꺼내 최근 가족사진을 보여주기까지 한다. 저쪽에서는 버스가 우리를 기다리고 있지만 언제까지

기다려줄지 걱정이다. '설마 우리를 두고 가버리진 않겠지?' 버스를 확인해가며 심사관의 의심을 걷어 내기 위해 10분 이상을 하소연했다.

"다음부터는 이러시면 안 됩니다!"

귀찮았을까 아니면 불쌍해 보였을까? 오랜 실랑이 끝에 드디어 심사관이 도장을 찍는다. 그게 뭐 그리 대단하다고 눈물이 날 지경이다.

우여곡절 끝에 도착한 밴쿠버. 이제 렌터카만 대여해 숙소로 가면 된다. 허겁지겁 대여소로 찾아가 지정해준 차량을 받았다. 다 끝났나 싶었는데…. 차량에 또 문제가 생겼다. 운전을 해서 시내를 벗어날 무렵, 계기판에 타이어 공기압이 낮다는 메시지가 뜬다. '이건 또 뭐야?' 불안한 마음에 렌터카 대여소로 되돌아가 소심하게 문제를 제기했다. 그랬더니 대답이 황당하다.

"그런 일은 자주 있어요. 그냥 주유소에 가서 바람을 넣으세요."

뭔가 꺼림직했다. 그렇지만 현지 사정을 모르는 외지인으로서는 그냥 받아들일 수밖에…. 기진맥진한 상태로 숙소가 있는 랭리(Langley) 지역으로 1시간을 운전해 갔다. 도착할 무렵, 하루 종일 삐끗대는 일들로 긴장해서인지 머리가 찌끈찌끈 아파왔고 몸은 완전히 너덜너덜해졌다. 숙소에 도착해서는 아무 이유도 없이 아들에게 짜증을 부렸다.

"저리 좀 떨어져. 아빠 피곤하니까 건드리지 마."

조용히 쉬고 싶은데 놀아 달라고 말을 걸어오는 녀석이 귀찮았다. 아니, 어쩌면 스트레스를 풀 대상이 필요했는지도 모른다. 아무리 그렇더라도 아들에겐 유일한 말동무인데, 그러는 아빠가 얼마나 미웠을까?

'미안하다 아들아, 몸과 정신이 힘들면 아빠도 가끔 나도 모르게 그런단다.'

## 시훈이의 일기

(제목: 캐나다 입국) 오늘 차를 반납하고 지하철을 타고 차이나타운으로 가서 점심을 먹고 볼트 버스를 타고 미국 국경을 넘어 캐나다로 갔다. 국경을 넘는 것이 힘들었다. 그리고 다시 차를 빌려 숙소로 갔다. 아빠가 오늘따라 괜히 신경질을 부렸다.

## 험난한 여정#2 - 지렁이를 박다

밤새 렌터카가 신경 쓰여 잠을 제대로 못 잤다. 아침에 다시 시동을 걸어 보니 역시나 타이어 공기압이 낮다는 메시지가 뜬다. '괜찮겠지?'하며 그냥 넘겼었는데 왠지 불안하다. 게다가 육안으로도 어제보다 바람이 더 빠진 듯한 느낌이다.

렌트를 한 밴쿠버 시내로 다시 돌아가기에는 일정에 지장이 생기고, 가다가 무슨 일이 생길지도 모른다. 운전 중에 갑자기 타이어가 잘못되면 위험하기도 하고 길에서 오도가도 못하는 신세가 될지도. 게다가 렌터카 회사와 어떻게 커뮤니케이션을 해야 할지도 모르겠다. '문제가 없다'고 했는데, 다시 문제를 제기한다고 해결해줄 것 같지도 않다. '이 사태를 어찌해야 하나?'

문득 전날 저녁을 먹었던 한인식당에서 가져온 교민잡지가 생각이 났다. 숙소 주변에 교포들이 꽤나 사는 것 같다. 혹시나 해서 교민잡지를 뒤적여보니 자동차 정비소 광고가 나온다. '그 얘기는 곧 한인들이 찾는 업소일 테니, 의사소통이나 업무처리가 아무래도 더 낫지 않을까?'

마침 그곳이 근처인지라 무작정 방문해 보기로 했다. 역시나 예상대로 교민 분께서 기술자로 일하고 있었다. 이런 저런 사정을 얘기하고 어떻게 하면 좋을지 상담을 했다.

"타이어에 못 자국이 있네예. 빵꾸가 났어예. 계속 바람이 새가꼬, 이래 타면 위험해요."

타이어를 유심히 살펴보더니 펑크가 났다고 한다. 그리고는 어떻게 할지 방법을 제시한다.

"그냥 지렁이를 박으면 될 것 같긴 한데…."

"네? 지렁이를 박는다고요?"

무슨 뜻인지 도무지 이해가 되지 않아 다시 물었다.

"아, 바람이 새는 델 찾아 구멍을 때우면 돼요."

캐나다에 사는 분이 구수한 경상도 억양으로 희귀한(?) 표현까지 쓰다니 당황스러우면서도 반가웠다. 고맙게도 20불에 지렁이도 박고 바람도 보충했다. 친절하게 차량 점검까지 해주니 그제서야 불안감이 눈 녹듯 사라진다.

해외여행을 하다 보면 한인 네트워크를 이용할 기회들이

생긴다. 전 세계 곳곳에 포진해 있는 한인사회는 이렇게 위급하거나 불편한 상황에서 큰 도움이 된다. 한국 음식이 그리울 때나 현지에 대해 더 자세히 알고 싶을 때에도 찾을 수 있으니 얼마나 다행인지.

그날엔 신기하게 숙소로 잡은 B&B\*의 호스트도 한국교민이었다. 약 10년 전 캐나다로 이민을 와 아이들을 키우며 B&B를 부업으로 하시는 듯했다. 아들 녀석은 오랜만에 만난 한국 아이들과 얘기하느라 신이 났다. 그 가족 덕분에 숙소 주변의 야생 사슴도 구경하고, 한국음식도 대접받았다.

여행을 하다 우연히 마주치는 행운들. 전혀 기대하지 않았던 고마운 인연들. 어찌 보면 그 덕분에 외롭고 힘든 여행길, 지쳐 쓰러지지 않고 즐겁게 나아갈 수 있지 않을까? 마치 살아가며 느끼는 작은 기쁨과 행복이 고단한 인생길을 살아가는 힘이 되듯이.

## 시훈이의 일기

(제목: 자동차 수리) 오늘은 오전에 차를 수리하고, 차를 타고 동물원에 갔다. 그래즐리 곰은 그늘 속에, 회색곰은 수영하고 있었다. 늑대는 모습만 보여주고 사라져 버렸다. 그리고 숙소로 가서 야생 사슴을 보았다. 숙소에 한국 아이들이 있어 좋았다.

---

\* B&B: Bed and Breakfast. 아침을 지역 전통음식으로 제공하는 가정적인 숙박형태

# 야생 곰과 딴짓

'말로 표현하기 힘들다'는 표현은 로키 지역의 풍경을 두고 하는 말이 아닐까? 자동차로 이동하는 중에도 차창 밖의 그 아름다운 경치를 한없이 누리고 싶었다. 그렇지만 차를 운전하는 중에는 운전에 집중해야 하기에 한 눈 팔 겨를이 없다. 순간순간이 아쉬웠다. 아들 녀석은 아빠의 이런 아쉬움을 아는지 모르는지 뒷좌석에서 딴짓을 하거나 잠을 자고 있다. 참 속상한 노릇이다. 궁여지책으로 아들이 경치에 관심을 갖도록 '잘 살피면 야생동물을 볼 수 있다'는 미끼를 던지곤 한다.

로키에는 매혹적인 호수들이 많다. 그 유명하다는 레이크 루이스(Louise)를 비롯해, 레이크 모레인(Moraine), 레이크 미네완카(Minnewanka) 등 작품사진을 찍을 수 있는 풍경이 곳곳에 펼쳐진다. 물이 수정처럼 맑은 것은 당연하고, 빛깔도 에메랄드, 진파랑, 청록, 민트, 옥색 등 다채롭게 예쁘다. 심지어 어떤 호수는 이름 자체가 '레이크 에메랄드(Emerald)'이다. 직접 가보니 왜 이름을 그렇게 붙였는지 알 것 같았다.

나이가 들어갈수록 자연을 더 사랑하게 되는 것은 왜일까? 여기에서도 잔잔한 호수를 바라보는 그 순간들이 눈물 나게 행복했다. 이런저런 잡생각이 사라지고 마음은 어느새 거짓말처럼 편안해진다. 자연에게는 분명 보이지 않는 치유의 힘이 있나 보다. 그러기에 나이가 먹어가며 몸과 정신이 쇠할수록 자연스럽게 자연에 기대게 되는지도.

하지만 아들 녀석에게는 호수의 풍경이 그리 관심거리가 못 되는 듯하다. 고요하고 평화로운 분위기가 아이에게는 답답하기 마련. 아이에게 맞는 놀거리나 볼거리가 있어야 했다. 그래서인지 아들에게는 호수 주변에서 나타나는 야생 동물이 더 큰 관심사였다.

로키 지역에는 '곰 조심!!!'이라는 표지판이 많았다. 사실 난 야생 곰을 만나면 어떻게 대처할지 아무 생각이 없다. 아들과 산책을 하다 곰을 만나는 위험한 상황을 상상하기도 싫은데, 이 녀석은 계속 곰이 보고 싶다고 난리다. 운이 좋은 건지 나쁜 건지, 호수 주변을 산책하다 곰을 마주친 적은 없었다.

곰을 보고는 싶고, 그렇다고 직접 마주치기는 싫은 우리에게 축복이 내렸다. 모레인 호수에서 루이스 호수로 자동차를 타고 이동하는 중이었다. 차량 통행이 많지 않은 꼬불꼬불한 산길을 천천히 운전하고 있었다. 따분해질 무렵, 조용하던 아들 녀석이 갑자기 호들갑을 떨기 시작했다.

"아빠, 저기 좀 봐! 곰 지나간다! 흑곰이야!"

정말 꿈에서나 볼 것 같던 곰이 나타났다. 시커먼 녀석이 도로변에서 슬금슬금 걷다가 머뭇거리더니 우리 차량 앞을 지나 휙 달아난다. 그리 크지 않은 것으로 보아 사람으로 따지자면 청소년 곰이었다. 아들도 아들이지만 나도 그 순간엔 흥분을 감출 수가 없었다. 차를 길가에 급히 세우고는 달아나는 곰을 뚫어지게 쳐다보았다.

"아빠, 드디어 야생 곰을 봤어!"

아들 녀석이 마치 오랜 소원을 이룬 듯 기뻐한다. 나도 별로 한 것은 없지만 왠지 아들의 소원을 들어준 것 같아 흐뭇하다. 게다가 직접 마주치는 위험한 상황이 아니라 차 안에서 안전하게 곰을 봐서 무엇보다 다행이었다. 갑작스러운 상황에 어리둥절했지만 정신을 차리고, 이 기회에 한번 잘난 척도 해본다.

"거 봐, 아빠가 잘 살피면 곰을 볼 수 있다고 그랬지?"

"응, 앞으로는 아빠 말 대로 잘 관찰해 볼 꺼야."

그 후로 아들 녀석이 뒷좌석에서 딴짓을 하거나 자고 있는 경우가 '획기적'으로 줄었다. 우리에게는 자동차 여행을 하며 야생동물을 찾아보는 것도 하나의 놀이이자 즐거움이었다. 언제 나타날지 모르는 동물을 발견하기라도 하면 다시 되돌아가 차를 세우고 구경하곤 했다. 아들에게는 다른 어떤 명소를 구경하는 것보다 더 소중한 추억이 될 것을 알고 있기에….

## 시훈이의 일기

(제목: 야생 곰 목격) 모레인 호수에 갔다. 물이 맑고 투명한데 물고기가 있었다. 그리고 루이스 호수로 가는 길에 야생 흑곰을 보았다. 조금 어린 것 같았다. 어슬렁거리다가 우리 차 바로 앞으로 뛰어가 버렸다. 그리고 루이스 호수에서는 마못(두더지 다람쥐)을 보았다. 정말 재미있었다.

## 3층 침대와 잠 못 이루는 밤

    로키 지역에서 지냈던 모든 숙소는 아주 험했다. 호스텔이라고는 하지만 산속에 있다 보니 전기나 물이 제대로 공급되지 않는 와일드한 곳이다. 오죽했으면 '험한 호스텔(Wilderness Hostel)'이니 '야생을 제대로 경험해 보라'는 식으로 광고까지 할 정도였다.

    '이런 곳에서 과연 아들 녀석이 지낼 수 있을까?' 처음 숙소를 알아볼 때에는 고민을 많이 했다. 하지만 고민할 문제가 아니었다. 여름 성수기인데다 인프라가 부족한 산속에서는 구색을 갖춘 호텔의 숙박비가 감당이 안 되었기 때문이다. 1박에 40만 원씩 하는 곳들로 5박을 보낸다면 숙박비만 200만 원이 날아간다. 그렇다면 방법은? 아들에게 캠핑 분위기도 내볼 겸 야생에서 지내보자고 했고, 멋모르는 녀석은 별 생각없이 좋다고 했다. 그렇게 해서 우리는 5박을 '험한 유스호스텔'에서 머물렀고, 숙박비는 거의 10분의 1 수준으로 줄일 수 있었다.

요호(YOHO) 국립공원 안에 있는 유스호스텔은 첩첩산중 오지에 있었다. 자체적으로 생산한 최소한의 전기와 물만 사용할 수 있는 곳. 샤워는 당연히 못하고 세수도 하기 힘들었다. 그냥 양치만 하고 잠을 청해야 했다. 객실은 9인실 방 하나에 3개의 3층 침대가 전부였다. 마침 1층에는 다른 사람들이 이미 차지하고 있어 2층과 3층에서 자야만 했다.

"아빠가 2층에서 자면 침대에 앉기 불편한데, 아빠가 3층을 써도 괜찮지?"

아들 녀석이 처음에는 3층에서 자겠다고 했는데, 웬일인지 마음이 변해 흔쾌히 양보해 준다. '이제 좀 커서 아빠도 생각해 주니 기특하구나'라고 생각했는데 그게 아니었다.

"3층까지 올라가려면 힘드니깐, 아빠가 3층을 쓰는 게 좋겠어."

너무 많은 것을 기대했다. 아직은 자기 밖에 모르는 어린 애다. 그래도 투정 않고 열악한 곳에서 자는 녀석을 기특하게 생각하기로.

다음으로 간 숙소는 '야생성'에 있어 한술 더 떴다. 전기와 물을 사용할 수 없어 씻기는커녕 음식을 해 먹기도 힘들었다. 빵과 주스 등 비상식량으로 끼니를 때우고 세수는 물티슈로 얼굴을 닦는 걸로 대체했다. 수세식 화장실도 당연히 기대할 수 없다. 한번은 아들 녀석이 푸세식 화장실을 무서워해 다른 방법이 없냐고 숙소 관리인에게 물었다.

"그냥 저기 숲 속 안보이는 곳에 가서 해결하세요. 우리도 그렇게 한답니다."

키득키득 웃으며 당연한 듯 얘기한다. 세상 어디나 사람 사는 방식은 비슷하다. 이런 곳에 와 그런 질문을 하니 얼마나 황당했을까?

이렇듯 열악한 환경에서 지내면서도 우리는 그저 좋았다. 마당에는 모닥불이 향기롭게 타고, 계곡 물소리는 상쾌하게 귓가를 맴돈다. 숙소에서 키우는 멍멍이는 뭐가 그리 좋은지 이리저리 뛰어다닌다. 아들 녀석도 덩달아 뛰어다니며 자연을 벗 삼아 잘 논다. 청정 자연에서 이렇게 야생을 경험해보는 것이 조금은 불편하지만 마냥 행복했다. 그러고 보니 광고 그대로 험한 호스텔에서 야생을 '제대로' 경험했다.

캐나다에서는 유스호스텔을 주로 이용했다. 성수기에 물가가 비싼 국가를 여행하는 것은 큰 부담인데, 숙박비를 아끼게 해준 고마운 곳이다. 어찌 보면 나는 '젊은이(Youth)'

가 아닌 데도, 거부하지 않고 받아주니 더욱 고맙다. 여행의 마지막 도시, 밴쿠버에서도 유스호스텔에서 이틀 밤을 지냈다. 이곳에서는 4인실임에도 방이 여유가 있어서인지 아들과 단둘이서 지낼 수 있었다. 여행을 조용히 정리하며 마무리하기 좋았다.

여행의 마지막 밤은 항상 이런저런 생각으로 잠이 오지 않는다. 호스텔의 비좁은 침대에서 이리저리 뒤척이며 끊임없이 잠을 청해보지만, 생각이 꼬리에 꼬리를 문다.

'이제 여행이 끝나고 곧 육아휴직도 끝나면 회사에 복귀한다. 1년의 휴직기간 동안 나는 제대로 육아를 했는가? 앞으로 아들과 이렇게 여행할 수 있는 기회가 다시 올까? 아들과 함께한 추억들이 과연 이 녀석에게 어떻게 기억될까?'

아들 녀석도 잠이 잘 오지 않는지 이불 속에서 낑낑거린다. 어둠 속에서도 직감적으로 깨어 있는 걸 알 수 있었다. 아들에게 여행이 어땠는지 궁금하던 차에 은근슬쩍 말을 걸어본다.

"이번 여행 즐거웠어?" "응. 정말 재미 있었어."

"뭐가 제일 재미 있었니?" "음… 야생동물 보는 거."

그렇게 얘기하면서 또 동물 노래를 흥얼거린다. 아들 녀석이 여행 중에 심심하기만 하면 즐겨 불렀던 노래가 있다. '라이온 킹'에 나오는 주제곡(Circle of Life)을 자기 마음대로 재해석해서 불렀는데, 과연 그 의미를 생각하고 불렀는지 모르겠다.

야-쯔뱅야 빠박이 치와 왱냐하면 왱냐-하면
야-쯔뱅야 빠박이 치와 치치뿡뿡 왱냐하면
우리가 이 세상에 태어나서 흙으로 돌아갈 때까지 우리가 아는 것보다,
알아야 할 것이 훨씬 많다네.


아~ 이게 바로 자연의 섭리

3부

이
제
서
야

보
이
는

것
들

## 무소유의 삶과 월든 호수

회사를 그만두고 여행을 떠나 오기 전부터 월든 호수에 가고 싶었다. '월든'은 '헨리 데이비드 소로'의 수필이기도 하다. 저자는 보스턴 외곽의 월든 호숫가에 오두막을 짓고 2년 2개월을 살며 그 체험을 기록했다. 자연과 더불어 소박한 삶을 살았던 현장을 보고 싶었기에, 보스턴을 여행하면서 그가 지냈던 장소로의 방문을 계획했다.

화창한 여름날 오후, 드디어 월든 호수를 향해 길을 나섰다. 제법 더운 날이었지만 그토록 가보고 싶던 장소를 간다는 설레임에 그깟 더위는 문제되지 않았다. 숙소에서 차로 30분 거리. 비록 긴 시간은 아니지만 이동하는 동안 살아온 인생에 대해 한번 돌아보았다.

나는 무소유의 삶을 살아낼 위인은 못 되지만, 그래도 미니멀한 삶을 살고자 노력해 왔다. 욕심과 미련을 버릴수록 더 행복해하는 나 자신을 발견했기 때문이다. 먹고 살만큼 벌어 스스로 만족하는 삶, 의미 있는 삶을 살고 싶었다. 번 만큼 쓰고, 없으면 없는 대로, 배가 고파도 굶을지언정 돈은 빌리지 않기로 했다. 현대를 살아가는 기준에선 답답한 사람이리라. 하지만 그만큼 마음의 자유를 얻었고, 누구에게도 구속받지 않는 삶을 살고 있다. 아들에게는 미안하지만 물질적 재산 보다는 정신적 풍요로움을 물려주고 싶다.

무소유를 통한 정신적 풍요. 월든 호수를 가본다고 해서 갑자기 깨달음이 생기지는 않겠지만, 적어도 그 가치를 아들에게도 느끼게 해주고 싶어 일부러 찾아왔다. '이러한 아빠의 깊은 뜻을 아들은 과연 알아줄까?'

호수에 도착하니 의외로 사람들로 가득했다. 인적이 드문 곳일 줄 알았는데, 유명세를 타서인지 많은 사람들이 찾고 있었다. 피크닉을 나온 가족들, 수영과 일광욕을 즐기는 사람들, 뛰어노는 아이들… 그 어수선함 속에서도 호수만큼은 잔잔했다. 고즈넉한 분위기가 좋았다. 호숫가를 따라 옆으로 나 있는 숲속 산책길로 들어가면 더 조용할 것도 같았다. 그런데, 아들 녀석이 별로 내켜하지 않는다.

"아빠, 여기 재미없어! 다른 곳으로 가자."

아들 녀석이 무더위 속 지루함에 짜증이 났나 보다. 나에겐 문제되지 않았던 그깟 더위가 아들에게는 문제가 될 수도 있었을 게다. 마음 같아서는 호수를 한 바퀴 돌며 사색하고 싶었지만, 내가 원한다고 해서 아들에게 강요하고 싶지는 않았다. 하는 수없이 소로가 2년 2개월을 지냈던 월든 호수에서 채 2시간도 되지 않아 발길을 돌리기로 했다. 지금은 아들에게 재미없는 장소이지만, 언젠가 의미 있는 장소로 기억되길 희망하며.

소로처럼 나도 구속받기를 싫어하고 자유를 중시하는 사람이다. 그는 '1년에 6주 정도만 일하면 생계를 유지할 정도의 비용을 벌 수 있다'고 했다. 나도 '조금 쪼들려도 잘 버티는 편'이니 앞으로 남은 인생, 어떠한 형편에든지 자족하며 자유롭게 살고 싶다. 욕심을 버리고 감사하며….


어떠한 형편에든지 나는 자족하기를 배웠노니
나는 비천에 처할 줄도 알고 풍부에 처할 줄도 알아
모든 일 곧 배부름과 배고픔과 풍부와 궁핍에도
처할 줄 아는 일체의 비결을 배웠노라
_〈 빌립보서 4:11~12 〉

# 새벽 달리기와 열정

역사, 문화, 교육의 도시로 유명한 보스턴. 거기에 하나를 더하자면 '달리기'의 도시라 할 수 있지 않을까? 보스턴에는 거리 곳곳에서 달리기를 하는 사람들이 많았다. 여기저기에서 뛰어다니는 사람들을 보니 도시가 활기로 가득 차 보였다. 그들은 '보스턴 마라톤'을 개최하는 도시의 시민으로서 달리기에 대한 애정과 자부심이 강한 듯했다.

보스턴에 머무는 동안 나도 무작정 거리를 달리고 싶다는 생각이 들었다. 하루는 새벽에 눈이 저절로 떠졌다. '지금 잘 때가 아니야, 일어나서 뭐라도 좀 해!' 내 속의 자아가 나에게 속삭이는 것 같았다. 게으름을 박차고 일어나 달려 보기로 했다.

숙소에서 나와 1시간 동안을 달렸다. 동이 트기 전, 상쾌한 새벽 공기를 마시며 시내를 통과해 찰스(Charles) 강변을 따라 뛰었다. 달리다 힘들면 잠시 멈추었다 다시 달린다. 강변을 달리며 일출도 보고, 찰스강 건너편 도시의 빌딩숲도 바라본다. 익숙한 듯하면서도 낯선 풍경에 기분이 묘해진다. 안 하던 달리기를 하다 보니 몸은 힘들어 하지만 이상하게도 마음이 즐거워했다.

한국에 살면서 평소에 하지 않던 달리기를 엉뚱하게도 미국에 와서 하고 있었다. 스스로 신기했다. '새벽에 느닷없이 일어나 찰스 강변을 달리는 열정이 갑자기 생겨난 이유는 무얼까?'

돌이켜 보니 이제껏 난 살던 곳이 아닌 낯선 곳에 가면 더욱 부지런한 사람이었다. 그렇게 잠이 많던 사람의 잠이 사라진다. 잠이 부족하면 다음 날이 미치도록 힘든 저질 체력인데…. 여행 중에는 잠을 적게 자고도 꿋꿋이 버티는 나를 발견했다. (평소 8시간을 자는 사람이 6시간을 자며 돌아다녔다.) 어린 녀석을 챙겨가며, 무리한 일정도 소화해가며, 그렇게 많은 곳을 쏘다녔다. 체력이 고갈되어 힘들 만도 한데, 오히려 하루하루가 행복했다. 기분 좋은 피로라고 할까? 매일매일 녹초가 되어 침대에 쓰러지자마자 잠들었지만 순간순간 의욕에 불탔다. 아마 다시 오기 힘들지도 모른다는 생각으로, 조금이라도 그곳을 더 누리고 싶다는 마음에서, 적극적으로 하루하루를 보냈던 게 아닐까?

문득 '리스본행 야간열차'라는 영화가 생각난다. 주인공인 노교수가 자신의 인생에 대해 회고하던 그 마지막 장면이 기억을 스친다. '내 평생 진정 살아있다고 느낀 순간은 리스본에서 보낸 단 며칠이었다.' 우연히 가게 된 리스본으로의 여행은 그에게 어떤 의미였을까? 단조로운 일상에서 벗어나 다른 삶을 갈구했던 그에게 리스본에서의 며칠은 삶의 '활력(Vitality)과 강렬함(Intensity)'을 느끼게 했다. 비록 우연일지라도 다른 곳에서 다른 삶을 살아보는 경험을 하며 그는 비로소 충만한 삶에 대한 해답을 얻은 듯했다.

종종 나도 여행을 하는 동안 비로소 내가 살아있다는 생각을 한다. 반복되는 일상의 루틴에서는 하루하루가 덧없이 흘러가지만, 낯선 곳에 있을 때면 순간순간이 소중하다. 어쩌면 여행하는 순간에는 진정한 현재를 살아가고 있기에 행복한 느낌이 드는지도 모르겠다. 과거에 대한 미련과 집착도 잠시 잊고, 미래에 대한 막연한 두려움과 걱정도 제쳐 두고, 오직 지금 이 순간에 충실하기에. 그렇다면 여행할 때의 그 열정과 마음가짐으로 일상을 여행처럼 살아간다면 더욱 행복해질 수 있지 않을까?

보스턴에서도 더없이 '열정적'으로 살았다. 새벽에는 달리기를 하고, 밤낮없이 부지런히 돌아다녔다. 남들이 다 가는 곳들도 가고, 가지 않는 곳들도 찾아 다녔다. 다시 오지 않을 소중한 시간을 의미 있게 보내기 위해 순간순간에 충실했다. 새벽을 달리는 그 열정은 또 다른 열정을 솟아나게 했다.

## 시훈이의 일기

오늘도 바쁜 하루였다. 오전엔 과학 박물관에 갔다. 그 다음 하버드 대학 자연사 박물관에 갔다. 규모는 작지만 조그만 공간에 희귀한 것들을 빽빽하게 전시해 두어 보는데 시간이 오래 걸렸다. 기념품도 사고 숙소에 갔다가 퀸시마켓에 가서 저녁을 먹었다.

## 인생 최악의 숙소

오후 3시 체크인 시작 시간. 이왕이면 뉴욕에서 전망 좋은 방에 머물고 싶어 일부러 시간에 맞춰 갔다. 준수한 외모와 깔끔한 복장의 뉴요커 직원들이 우리를 기다리고 있었다. 세련된 인테리어에서 풍기는 엄숙한 분위기가 우리를 반긴다. 회색 양복을 입은 건장한 흑인 남성이 말을 건네 왔다.

"지금 남아 있는 방이 하나 밖에 없어요. 전망은 기대하지 마세요." 네이티브가 아닌 나로서도 건방진 말투임을 느낌으로 알 수 있다. 게다가 우리를 바라보는 시선이 곱지 않아 보인다. 뉴욕 소피텔. 2박 숙박비로 무려 100만원 가까이 주고 예약한 호텔인데, 시작부터 왠지 찜찜했다.

주변을 둘러보니 호텔에 묵는 손님들이 그리 많아 보이

지는 않았다. 그렇다고 방이 없다는데 억지를 부릴 수는 없는 노릇. 일단 배정된 방으로 향했다. 방은 가장 저층의 음침한 구석에 있는 방이었다. 전망은커녕 좁은 창 밖으로 보이는 것은 다른 건물의 콘크리트 벽이다. 예약할 때 사진에서 보았던 널찍한 '럭셔리룸'과는 완전 딴판이었다. '이게 1박에 50만원짜리 방이라고?' 가만있을 수 없어 전화로 컴플레인을 했더니 짜증 섞인 목소리가 들려온다.

"우리도 어쩔 수 없어요. 정 마음에 들지 않으면 다음날 방을 바꾸세요."

나는 분명히 베트남 호치민에서 묵었던 소피텔을 생각하고 있었다. 훌륭한 객실, 맛있는 음식, 기분 좋은 서비스를 기대했다. 뉴욕에서도 비슷하리라 생각했지만, 나만의 착각이었다.

'고작 하룻밤을 위해 방을 옮겨야 하나?' 갈등이 되었다. 안 그래도 뉴욕에서 머무는 시간이 짧은데, 방을 옮기다 보면 시간을 낭비한다. 게다가 3개나 되는 커다란 짐보따리를 풀고 쌀 생각을 하니 끔찍하다. 무엇보다도 무시하는 듯한 직원들의 얼굴을 다시 쳐다볼 생각을 하니 짜증이 확 밀려온다. 그렇지만 아들 녀석에게는 이제껏 제일 멋진 곳에서 지낼 거라고 했기에, 아빠가 큰 맘먹고 비싼 곳을 예약했으니 기대하라며 쓸데없이 바람을 집어넣었기에, 이대로 순순히 포기할 수 없었다. 좀 더 좋은 방에서 묵어보자는 희망에 다음날 다시 배정해 달라고 했다.

다음날, 멋진 전망을 기대하며 방을 옮겼다. 그런데, 어찌 이럴 수가…. 전망은 전날의 꽉 막힌 벽 전망에서 흉물스러운 건물 전망으로 바뀌었다. 단지 방이 예약했던 사진과 비슷한 크기의 방으로 바뀐 것 밖에는 없다. '그렇다면, 어제 잤던 방은?' 꼼꼼히 따져보니 전날 지냈던 방은 원래 예약한 방보다 '다운그레이드'된 사실을 알았다.

그냥 넘어갈 순 없었다. 다시 컴플레인을 했고, 이번에는 매니저와 얘기하고 싶다고 했다. 그러자 프랑스 귀부인 같이 고상해 보이는 백인 여성이 귀찮은 듯 나타났다. 조용한 목소리로 마치 우리를 훈계하듯 얘기한다.

"어찌된 일인지 한번 확인해 보고 조치할 테니, 일단 기다려 보세요."

과연 확인이라도 했을까? 아무런 후속 조치도 없었다. 우리를 그저 소란이나 피우는 블랙컨슈머 정도로 취급하는 느낌이다. 화가 났지만 우리는 여행자이기에 계속 싸울 시간이 없었고, 다음날 일찍 워싱턴으로 떠날 수밖에 없는 상황이었다.

다음 날 체크아웃 시간, 체크인 시 보았던 그 꼴 보기 싫은 직원이 서 있었다. 업무 매뉴얼을 따라하는지 형식적으로 한마디 건네 온다.

"How was your stay?" ("잘 지내셨나요?")

'이 자식이 장난치나?' 안 그래도 기분이 꿀꿀한데 화를 돋군다. 나도 모르게 흥분이 되었지만 이럴 때일수록 침착해야 한다. 그리고는 보통 때는 거의 써보지 못했던 표현을 떠올렸다. 내 입에서 이런 말이 나올 줄이야.

"Oh, Shit! It was so terrible! That really sucks!"

("제기랄, 끔찍했어요, 완전 최악이었어요!")

더 심한 욕을 해주고 싶었지만 블랙컨슈머처럼 보이지 않게 예의를 갖춰 조용히 비꼬듯 말을 맺었다. 그러고는 곰곰이 생각해 보았다. '이들은 영어가 서툴고 잘 따지지 못하는 동양인 여행객들을 함부로 대한다. 이것이 말로만 듣던 인종차별이 아닐까?' 인생에서 가장 비싼 비용을 치르고 지냈던 뉴욕의 호텔. 불쾌한 경험만 안겨준 채, 내 인생 최악의 숙소가 되었다.

나중에 숙소 후기에 의견을 남겼다. 우리가 그냥 말 못하는 바보는 아니니 앞으로 동양인을 이렇게 대우하지 말라는 메시지를 주고 싶었다. 그들은 과연 이러한 불만이 쌓여 언젠가 자기들에게 돌아갈 것이라는 사실을 알고 있을까?

# 시훈이의 일기

오늘은 보스턴에서 뉴욕으로 왔다. 보스턴 사람들은 정이 많고 달리기를 많이 하는 것 같다. 뉴욕에 도착해보니 서울이랑 비슷하지만 길가에 나무가 없는 대신 공원이 많고 광고판이 많다. 호텔에 갔는데 너무 실망스럽다. 좋은 방을 예약했는데 옷차림이 안 좋다고 안 좋은 방을 주었다.

# 몽환적인 천섬에서의 추억

버킷리스트 여행지 1순위였던 천섬(Thousand Island)*, 미국의 북동쪽 구석에 있다 보니 가기 쉬운 곳이 아니다. 이곳을 보기 위해 일부러 먼 길을 달려왔고, 한번 온 김에 제대로 구경하고 싶었다. 그런데 하마터면 이렇게 힘들게 와서 천섬을 구경도 못하고 갈 뻔했다.

오전 10시에 떠나는 천섬 투어 크루즈인 '엉클 샘 보트'를 이용해야 했다. 배가 그리 자주 있지는 않기에 10시 타임을 놓치면 일정이 꼬여 버린다. 숙소에서 아침을 일찍 먹고 여유롭게 배를 타러 가고 싶었건만, 허둥지둥 난리를 쳤다.

아침에 늦잠을 자고 9시쯤 일어난 아들 녀석이 계속 게으름을 피워 댄다. 나는 시간이 없어 마음이 급한데, TV를 보며 여유를 부리고 있는 아들이 미웠다. 참다 참다 결국 성

질을 부리고야 말았다.

"야, 이 놈아! 너는 여기까지 와서 TV나 보고 있냐?"

여행 시간 1분 1초가 아까운 상황에서 빈둥대고 있는 아들 녀석이 이해되지 않았다. '하나라도 더 보여주고 싶은데, 나만의 욕심일까?' 아빠의 꾸지람에 기가 죽은 아들에게 한편으론 미안하기도 했다. 아이와 여행할 때에는 충분한 시간을 갖고 일정을 짜야하는데, 매번 욕심이 앞서 무리하게 닦달하고 있으니.

조식을 먹는 둥 마는 둥 대충 때우고 배를 타는 곳으로 허겁지겁 달려갔다. 그런데 표를 사는 줄마저 짧지가 않다. '이러다 배를 놓치면 어쩌지?' 마지막 순간까지 조마조마 했다. 가까스로 1분을 남기고 표를 사서 배에 오를 수 있었다.

그제서야 긴장이 풀리고 주변의 경치가 눈에 들어오기 시작한다. '우와,

이게 정말 강이 맞아?' 너무 커서 강인지 바다인지 분간이 안 된다. 단지 소금기 풍기는 바다 냄새가 없으니 강이라 받아들이기로 했다.

구름 한점 없이 맑디맑은 날. 어찌된 일인지 강이 하늘처럼 파랗고, 하늘은 강처럼 파랗다. 그래서일까? 파란색이 온 세상을 뒤덮은 느낌이었다. 파란나라의 곳곳에 흩어져 있는 섬들. 강 위에 떠 있는지 하늘 위에 떠 있는지…. 동화책 속에서나 나올 듯 아기자기 정답다. 정다운 섬들에는 제 각각의 주인이 있다고 했다. 그리고 하나하나의 섬에는 자기만의 색깔을 보여주듯 개성 넘치는 건물들이 많았다. 유명한 하트섬에는 볼트성이라는 멋진 고성도 있다. '세상에 이런 곳도 있구나'라는 생각이 지워지지 않았다. 천섬은 마치 꿈에서나 보는 듯한 신비로운 별천지였다.

한편으론 이렇게 경치 좋은 섬을 구매해 별장을 짓고 또 다른 세상을 살아가는 부자들에 대해서도 생각해 보았다. '여기 사는 이들은 어떤 사람들이며, 나는 무엇을 목표로 살아야 하나?' 회사를 그만두고 여행을 떠나온 상태라 온갖 생각이 다 들었다. '사회적인 성공을 이대로 포기해야만 하는가? 앞으로는 또 어떻게 살아가야 할까?' 욕심을 버리고 살고자 하는데, 가끔씩 이런 곳에 올 때면 세상 욕심이 생기기도 한다.

예전 젊은 시절 배낭여행을 할 때, 혼자서 여행을 하시는 중년의 한국 아저씨를 만난 적이 있다. 그 분은 그 당시 회사를 그만두고 제2의 인생을 찾기 위해 방황 중이라고 하셨다. 그 때는 그 분이 이해되지 않았고 안쓰러워만 보였다. 하지만 어느새 내가 그런 신세가 되어 이곳에 서 있다.

## 시훈이의 일기

오늘은 온타리오 호의 섬들을 둘러보았다. 샘 아저씨 보트를 탔는데 국경을 넘어 다녔다. 온타리오 호는 대략 1800개 이상의 섬이 있다. 큰 물고기들도 많다. 하트섬에 있는 볼트섬에 갔다. 이 섬을 지은 볼트라는 사업가는 아내가 아프자 죽기 전에 성을 선물하고 싶었는데, 그 전에 아내가 사망하자 실망해 성 건축을 중단해 지금 다시 짓고 있다. 정말 이야기가 들어있는 곳이다.

---

\* 천섬(Thousand Island)은 샐러드 드레싱으로도 유명하며 정확히는 1,864개의 섬으로 구성되어 있는 제도이다. 캐나다와 미국 사이의 세인트로렌스 강에 위치해 있어 배를 타고 가다 보면 캐나다로 넘어가기도 한다.

## 이제서야 보이는 것들

10년 만에 다시 찾은 나이아가라 폭포. 다시는 못 보리라 생각했는데 아들 녀석과 이렇게 다시 올 줄이야. 예전에는 시간이 없어 미국 쪽 폭포만 보고 갔기에 마음 한 구석에 항상 아쉬움이 있었다. 그래서 이번에는 2박을 하며 폭포의 모든 것을 보고 가리라 결심했다. 이제는 정말 다시 못 볼지도 모르기에.

그 옛날의 기억을 더듬어가며 우선 미국 쪽 폭포로 향했다. 오래 전이긴 해도 하나 둘 기억이 난다. 10년이면 강산도 변한다지만, 폭포의 모습이 그리 달라진 것은 없다. 파란 하늘, 하얀 뭉게구름, 눈부신 햇살까지. 그 때도 그랬다. 쏟아지는 거대한 초록빛 물줄기는 하얗게 부서지는 물보라와 화사한 무지개를 끊임없이 만들어냈다.

이제 캐나다로 넘어가 보기로 했다. 국경을 넘으려면 커다란 다리를 건너야 한다. 그런데 다리에서 바라보는 폭포의 광경도 눈을 뗄 수가 없다. 저 멀리 보이는 폭포와 주변 배경이 살아있는 그림이다. 금방이면 건널 것 같던 다리에서 30분을 서성였다. 국경을 넘어와 바라본 캐나다 쪽 폭포는 더욱 장관이었다. 말 그대로 가슴이 뻥 뚫리는 듯한 느낌이다. 무덥기 그지없던 그 여름날, 울분을 쏟아내는 듯한 우렁찬 폭포 소리를 듣고 있자니 스트레스도 무더위도 싹 달아났다.

체험 프로그램도 다양했다. 그 중에서 사방이 탁 트인 유람선 '안개 아가씨 호(Maid of the Mist)'를 타고 폭포 바로 아래까지 가보는 탐험을 해보기로 했다. 아들 녀석이 기분이 좋은지 이름이 재밌다고 낄낄거린다. 갑판에 올라 거친 물보라가 만든 안개 속에서 온몸으로 폭포를 느껴본다. 멀리 떨어져서 보며 느끼는 감동과는 또 다르다. 이렇게 오감을 통해 그 압도적인 규모와 위용을 체험해보니 폭포가 살아있음을 알 것 같았다.

"아빠, 이거 너무 재미있어!"

온 몸에 물보라를 뒤집어써서 물에 빠진 생쥐 꼴로 아들 녀석이 좋아한다. 물을 뒤집어쓰는 경험을 재미있어 하길래, 폭포 아래로 직접 내려가보는 '바람의 동굴(Cave of the

Winds)'도 시도해 봤다. 폭포 바로 아래에서 느껴보는 대자연의 위력. 허리케인을 경험해 볼 수 있다고 광고하는데, 과장 광고가 아니다. 폭포의 물줄기와 바람이 워낙 강해 사람이 서있기도 힘들 정도였다. 대자연 앞에서 다시 한번 겸손해지는 순간이었다.

이곳저곳에서 마주치는 야생동물들도 즐거움을 더했다. 동물을 좋아하는 아들 녀석은 느닷없이 나타나는 기러기, 토끼, 빨간 새, 다람쥐 등 야생동물을 구경하느라 신이 났다. 신기한 사실은 예전에 왔을 때는 보이지 않던 동물들이 이제 내 눈에 보인다는 것이다. 아들의 눈 높이에 맞추다 보니 보이지 않던 것들까지 보이기 시작했다.

'그 동물들은 예전에도 이곳에 살았을 텐데, 그 때 왜 나는 못 보았을까? 어딘가에서 주목받고 싶었을지도 모르는데….' 아마도 동물에 관심이 없을 때라 별 생각없이, 무심히 지나치지 않았을까? 그렇다면, 이 세상 삶을 살아가며 놓치고 있는 것들이 얼마나 많을까? 무엇이든 관심을 두어야 보이는 법. 앞으로는 좀 더 주변에 관심을 갖고 소중한 것들을 놓치지 않도록, 그렇게 노력하며 살아야 하지 않을까?

이제는 더 이상 나이아가라에 대한 아쉬움은 없다. 폭포의 모든 것을 보고 왔기에. 남들이 보지 못하는 야생동물까지도.

## 시훈이의 일기

드디어 나이아가라 폭포에 갔다. 캐나다 쪽이 더 잘 보여서 캐나다로 가서 보고, 점심도 캐나다에서 먹었다. 그 다음 미국으로 돌아와 안개 아가씨호를 타고 말발굽 폭포로 갔다. 나이아가라는 두 개의 폭포로 이루어져 있다. 하나는 아메리카, 하나는 말발굽. 그리고 바람의 동굴로 가서 물세례를 맞았다. 꽤 찝찝하지만 재미있었다. 야생 토끼와 빨간 홍방울새가 눈에 확 띄었다.

## 북경 공항 노숙

"당신은 무비자 입국이 승인되었고, 어린 아이는 승인되지 않았습니다."

그러자 아들 녀석이 입국심사관 앞에서 엉엉 울기 시작했다. 아무리 그렇다 해도 내가 자기를 두고 가지는 않을 텐데, 별의별 생각이 다 들었나 보다.

여행을 시작할 때면 매번 역경이 있었다. 오죽했으면 '이번에는 과연 어떤 어려움이 기다리고 있을까?'라는 불안한 기대를 한다. 하지만 이러한 사실을 알고서도 묵묵히 길을 나선다. 어쩌면 여행의 고충 마저도 즐기고 있는지도. 이번 여행도 처음부터 쉽지 않았다. 문제는 경유지인 북경에 도착해 발생했다. 우리는 북경에서 경유를 하는 동안, 북경 시내로 들어가 1박을 하며 지낼 계획이었다. 바로 환승을 할 수도 있지만 북경을 하루 정도 여행하고 싶어 일부러 항공권을 그렇게 예약했다. 예전에 광저우와 상해에서 '경유 무비자'로 입국한 적이 있기에 이번에도 당연히 문제없을 줄 알았다.

하지만 역시 중국은 상식이 통하지 않는 국가이다. 경유 무비자 제도가 그 날 만큼은 객관적인 원칙 없이 적용되었다. 아들과 무비자 입국을 신청하고 입국심사관의 승인을 기다리고 있었다. 그런데 신청 결과가 어이없다. '아빠는 되고 아들은 안된다고?' 도저히 이해가 되지 않아 심사관에게 이유를 물었다. 그러자 무표정으로 귀찮은 듯 단호하게 대답한다.

"우리도 잘 모릅니다. 시스템에서 결과가 그렇게 나와 해결 방법이 없습니다."

도대체 어떤 시스템이길래 이런 말도 안 되는 상황이 발생할까? 개인적인 추측으로는 중국이 마침 국경절 명절 연휴라 임의로 입국자를 제한하는 조치가 시행된 듯하다. 아무 예고도 없이.

중국은 이런 일이 생기면 합리적으로 해결할 수 없다는 사실을 알고 있기에, 따져서 될 문제가 아니다. 눈물을 머금고 상황을 받아들일 수밖에 없다. 졸지에 우리는 공항에서 나가지도 못하고 공항 노숙을 해야 하는 신세가 되었다. 공항 밖에 그럴듯한 호텔까지 예약해 두었는데 말이다. 그 날, 공항에는 아무런 이유도 모른 채 우리와 같이 노숙을 하는 외국인들이 많았다. 아들 녀석도 영문도 모른 채, 어린 나이에 노숙을 경험하게 되었다.

"이런 경험을 언제 해 보겠어? 재미있지 않을까?"

기왕 이렇게 된 바, 아들 녀석이 안심하고 지낼 수 있도록 애써 즐거운 척했다. 공항을 한 바퀴 둘러보며 할 만한 게 있나 살펴본다. 쇼핑을 좋아하지 않는 아빠와 아들에게는 별로 재미있는 것이 없다. 그냥 저녁만 대충 때우고 일찌감치 잠자리를 준비하기로. 우선 조용할 것 같은 구석 지역을 찾았다. 그리고는 여행용 가방에서 옷가지를 꺼내 이불 대용으로 하고, 큰 가방들을 긴 의자에 받쳐 아들을 위한 침대를 만들었다.

"아빠, 이거 불편해. 나 그냥 저기 벤치에서 잘 거야."

완전 밉상이다. 특별히 만들어준 침대를 거절하다니. 그냥 내가 그 침대에서 자기로 했다. '며칠 동안 잠을 못 자서 피곤하니까 잠이 잘 올 거야'라는 자기 주문을 걸며 잠을 청한다. 잠이 살짝 들 무렵, 전화 통화 소리가 시끄럽게 들려온다. 어떤 서양 여자가 애인과 싸우는지 수십 분이 지나도록 소음을 끊임없이 만들어 낸다.

'왜 하필, 다른 곳을 두고 우리 옆에 와서 이러는지….'

조금 지나자 중국 남자의 거칠고 요란한 목소리가 들린다. 사업 관련 통화인 듯한데 매너도 없이 비즈니스를 한다고 난리다.

'왜 하필, 조용히 얘기해도 되는데 저리 큰 목소리로 얘기하는지….'

주변에 자고 있는 사람을 배려하지 않고 떠들어대는 사람들. 잠을 아무리 청해도 주변이 너무 시끄러워 잠이 오지 않았다. 또 하필이면 공항 측에서는 평소에 하지도 않을 것 같은 창문 청소를 한다고 야단이다.

고요한 새벽이 아닌 요란한 새벽이었다. 잠을 자는 둥 마는 둥 하루 밤을 보내고 아침을 맞이했다. 어디 먹을 만한 곳이 없나 어슬렁거리다 조식은 피자헛에서 대충 때운다. 비행기 출발 시간은 오후 3시. 아직도 우리에게는 시간이 많았다. 조용한 구역으로 가서 또 잠을 청해 본다. 하지만 역시나 잠을 제대로 잘 수가 없다. 예전에는 어디서든 잘 잤는데, 이제는 생각이 많은 나이라 잠자리가 불편하면 잠이 오지 않는다. 할 수 없이 어항 속 금붕어처럼 공항 안에 갇혀 여기저기 왔다 갔다 한다. 끝에서 끝으로 그저 정처없이. 벗어날 수 없다는 것이 얼마나 답답한 것인지….

하루 넘게 북경 공항에서 생활하다 보니 북경 공항의 모든 것이 익숙해져 버렸다. 구석구석 무엇이 있는지 모두 파악할 정도였다. 문득 '터미널'이라는 영화에서 톰행크스가 공항에서 먹고 자고 하면서 생활하던 장면이 생각났다. 우리도 비록 하루였지만, 난민 아닌 난민 생활을 해보니 영화처럼 재미있지 않다는 사실을 알았다.

## 시훈이의 일기

오늘은 개천절이다. 미국 서부로 여행을 떠난다. 베이징을 경유하는데 베이징에서는 제발 편하게 잘 수 있으면 좋겠다만. 중국이 명절을 맞아 공항에서 외국인 여자와 어린이를 통제하는 의식을 치른다. 이딴 풍습 왜 만든 건지. 시진핑 아저씨 덕분에 공항서 노숙하게 되었어요.

# 내 인생의 별

어렴풋이 떠오른다. 어린 시절 고향에서 별을 보았던 그 아스라한 기억. 하지만 어른이 되고 도시에 살면서 별을 제대로 본 기억이 없다. 무엇 때문이었을까? 도시의 불빛? 아니면, 공해? 글쎄, 무엇보다 삶에 치여 살며 감성과 여유가 사라진 이유가 아닐까?

아들 녀석과 여행을 하며 '한번은 꼭 별을 실컷 보겠다'는 마음을 먹었다. 그러던 중, 기회가 찾아왔다. 별을 보기 좋다는 조슈아트리(Joshua Tree) 국립공원을 지나게 되었다. 이곳은 황량한 사막에 덩그러니 위치해 있어 인적도 드물고 인공적인 불빛도 없기에 최적의 장소였다. 일부러 오후 늦게 방문해 해가 지는 것도 보고, 별도 보고 오기로 계획했다.

오후 5시, 기세를 뽐내던 태양이 한창 기울어 시들시들할 무렵, 우리는 새로운 세계를 정복하러 온 장군처럼 공원으로 진입했다. 들어서자마자 신세계의 색다른 풍경이 눈앞에 펼쳐졌다.

"아빠, 저 신기한 나무들 좀 봐. 정말 성경에 나오는 여호수아(Joshua) 같은 모습이야!"

하늘을 향해 두 팔 벌린 사람과 같은 독특한 형체. 황량한 대지에 뜨문뜨문, 무언가를 호소하듯 외로이 솟아 있다. 이름 모를 선인장과 기암괴석들도 특이한 외양을 뽐내며 신비로운 분위기를 더한다. 숨소리마저 크게 들릴 듯한 적막 속에 이상하게 방문객도 보이지 않는다. 마치 어느 외딴 행성에 우리만 떨어뜨려 놓은 느낌이다. 밤이 되지 않았는데도 벌써부터 경이로운 모습에 감동이 밀려왔다.

어스름해질 무렵, 석양을 보기 위해 '키즈 뷰(Keys View)'라는 언덕에 올랐다. 해지는 모습을 한동안 넋 놓고 쳐다본다. 저 멀리 언덕 너머로 조용히 사라져가는 해를 지켜보다 보니, 어느새 주변에 어둠이 밀려오기 시작했다. 조금만 더 컴컴해지기를 기다리고 기다렸다. 어둠을 싫어하는 내가 이토록 검은 밤을 기다려 보긴 처음이다. 어둠이 극에 달할수록 별은 더욱 빛나는 법. 드디어 하늘의 별들이 또렷이 보이기 시작한다. 수없이 많은 별들이 정말 '별 답게' 빛

나고 있었다. 별이 쏟아진다는 표현을 그제서야 이해할 것 같았다.

"아빠, 내 인생에서 이렇게 많은 별을 본 적은 처음이야."

어린 녀석이 꽤 오래 살아온 것처럼 얘기하길래, 나도 한마디 거든다.

"아빠가 너보다 4배는 더 살았는데, 아빠도 이렇게 많은 별을 본 것이 처음이야."

어린 시절 보았을 것만 같은, 저 빛나는 별들. '그러고 보니 여태껏 옛 추억을 돌아볼 여유도, 새 추억을 만들어갈 여유도 없이 살았구나…' 아련한 듯 황홀했다. 그 순간을 놓치기 싫었다. 영원히 잊혀지지 않도록, 어떻게든 내 인생의 장면으로 고이 남겨두고 싶었다. 그렇지만 안타깝게도 사진을 남길 수가 없다. 제대로 된 촬영도구 없이 낡은 휴대폰으로 사진을 찍으며 여행하기에, 아무리 찍어도 시커먼 배경에 별이 보이지 않는다. 하지만 괜찮다고 스스로를 위로했다. 우리의 기억 속에 확실히 그 모습을 찍어 놓았으니.

"아빠, 다음에는 우리 여기서 캠핑하자. 응?"

"그래, 우리 꼭 다시 찾아오자."

아들과 다시 오리라 결심했다. 다음에는 캠핑이든 차박이든 하룻밤을 보내며 마음껏 별을 보며 잠들고 싶다. 그때쯤엔 더 순수한 감성과 더 많은 여유를 가지고 더 많은 별을 보겠다고 다짐했다. 하지만 어쩌면 나는… 별을 보는 것보다 그 감성과 여유가 그리웠는지도 모른다. 별을 핑계삼아 잃어버린 삶의 여유를 찾고 싶었는지도.

아쉬움을 뒤로하고 숙소로 돌아가는 길은 칠흑 같은 어둠을 뚫고 운전해야 했다. 공원 내에는 인공적인 불빛이 없기 때문이다. 길가에 토끼를 비롯한 야생 동물들이 자주 보였다. 혹시라도 로드킬을 할까 봐 조마조마 했다. 나는 잔뜩 긴장해서 운전하고 있는데, 아들 녀석은 야생동물 보는 것이 재미있는지 뒷자리에 편히 앉아 낄낄대고 있다.


## 시훈이의 일기

조슈아트리 국립공원에는 말 그대로 여호수아처럼 두 팔을 좍 벌린 여호수아 나무가 많다. 가는 길에 식물원에서만 보던 선인장이 많았다. 이곳에는 사막 큰뿔양, 코요테, 사막 토끼 등이 서식한다고 한다. 석양이 멋지고 별이 아주 많이 보였다. 내 인생에 본 별을 모두 합친 것을 30배쯤 해야 이번에 본 별의 수와 비슷할 것이다. 숙소로 가는 길에 토끼들도 많았다.

# 치유의 도시 세도나

직장을 그만둘 무렵, 나의 몸 상태는 말이 아니었다. 평소에도 몸이 마른 편이라 60kg 수준인데 55kg까지 살이 빠졌고, 다리의 하지정맥류도 재발하여 재수술을 받아야 했다. 아토피인지는 모르지만 피부 상태도 엉망이었다. 무엇이 문제였을까? 혹시, 마음의 병에서 비롯되지는 않았을까? 그 당시, 난 사회생활의 지독한 늪에 빠져 직장일과 대인관계의 어려움으로 스트레스가 극에 달한 상태였다.

나는 마음의 상처를 잘 받는 편이다. 누군가가 아무 생각 없이 툭 던진 말 한마디에 상처를 받고 마음 아파한 적이 한두 번이 아니다. 소심함도 유전이 되는지 아들 녀석도 나를 닮았다. 그렇다고 우리 같이 소심한 성격의 사람들은 스트레스를 잘 해소할 줄도 모른다. 어떻게든 스트레스를 다스리는 방법을 찾아야만 했다. 그리하여 생각한 방법이 명상과 수양인데, 여행 경로 중 대자연 속에서 영적인 체험을 할 수 있는 곳이 있다고 했다.

신비로운 기운 '볼텍스(Vortex)'가 흐르는 땅, 세도나(Sedona). 세도나는 미국인들이 가장 사랑하는 휴양도시로, 은퇴 후 살고 싶은 마을로 손꼽히는 곳이다. 치유의 힘이 있다는 좋은 기운, 볼텍스가 마을 곳곳에서 나온다고 하니 그럴 만도 하다. (볼텍스는 지구가 방출하는 자연 에너지로, 과학적으로도 근거가 있다고 한다.) 세도나를 꼭 가보고 싶었다. 살아오면서 받아온 상처가 너무나도 많기에 치유와 회복의 기운을 느끼고 싶었다.

세도나 지역으로 들어서니 풍기는 분위기가 확실히 달랐다. 인디언들이 성스럽게 여기던 땅. 붉은 사암의 웅장한 바위들이 마을 전체를 감싸고 있는 풍경이 예사롭지 않다. 들떠 있던 마음은 어느새 사라지고 나도 모르게 경건해진다.

먼저 볼텍스가 가장 많이 나온다는 '벨록(Bell Rock)'으로 향했다. 이름 그대로 종(Bell) 모양으로 생긴 거대한 붉은 바위이다. 1시간 정도 트레일을 걷고 바위 위로도 올라갔다. 좋은 기운을 느끼려 노력해서인지 산책만 했는데도 기분이 훨씬 나아졌다.

"아빠, 좀 기다려봐. 나 명상 좀 하고 가야겠어."

다른 곳으로 이동하려는데 아들 녀석이 바위에 앉아 명상을 하겠다고 한다. 어느새 명당자리를 찾아 양반 자세를 하고서는 눈을 감고 두 손을 무릎 위로 올렸다. 어디서 본 것은 있어 제법 자세가 그럴듯하다. 정말 제대로 명상을 하는지 모르겠지만, 혹시라도 좋은 기를 받을지 모르니 방해되지 않게 말없이 기다려 준다.

"확실히 달라진 느낌이야!" 5분도 안 되어 명상이 끝났다며 아들이 한 마디 한다. 뭐가 달라졌는지 궁금했지만 굳이 물어보진 않았다. 그러한 느낌은 말로 표현할 수 없다는 것을 알고 있기에….

잠시 후, '대성당 바위(Cathedral Rock)'로 가서도 트레킹을 했다. 거대한 바위 모양이 성당에서 신랑 신부가 결혼하는 모습이다. 구름 한 점 없는 파란 하늘에 검붉은 빛을 띠는 웅장한 바위들이 신비롭게 솟아 있는 거룩한 풍경. 그 압도적인 분위기 때문인지 묘한 기분에 젖어 든다. 말 그대로 마음이 편안해지고 머리가 맑아졌다.

마지막으로 마을 전체를 조망하고 싶어 고지대에 있는 '에어포트 전망대(Airport Mesa)'에 올랐다. 대자연에 둘러싸여 해질녘의 세상 풍경을 바라보고 있자니, 황홀하면서도 나 자신이 작고 초라하다는 느낌이 자꾸만 든다. 이 넓은 세상에서 하나의 티끌에 불과한 나. 세상을 이겨보려고 무던히도 애쓰고 살았던 기억들이 주마등처럼 스쳐 지나간다.

'짧은 인생을 살며 왜 그토록 욕심과 미련이 많았을까? 아무 일도 아닌데 왜 그리 쓸데없는 걱정, 근심을 하며 힘들어 했나? 왜 그저 그런 사소한 일로 남을 원망하며 가슴 아파했나?' 어찌 보면, 상처는 남이 준 것이 아니라 내가 받은 것이리라. 혹여나 누군가가 상처를 주더라도 내가 받지 않으면 그만일 터인데….

세도나는 눈에 보이지 않는 기운이나 초자연적인 경험의 유무를 떠나, 자연경관, 훌륭한 날씨, 맑고 깨끗한 공기 만으로도 충분히 마음의 위로를 주었다. 잠시 머물다 간다고 해서 상처가 갑자기 치유되지는 않겠지만 행복한 기운을 받아갈 수만 있다면 그것으로 족하지 않을까?


## 시훈이의 일기

오늘은 세도나에 갔다. 세도나는 붉은 모래로 유명한 곳이다. 정확히 말하자면 붉은 모래가 좋은 성분이 많이 나온다는 뜻이다. 신발에 모래가 많이 들어가 내 양말도 좋은 성분으로 물들었다. 명상을 하니 건강도 좋아졌다. 이곳은 페커리(돼지 비슷하게 생김), 곰, 사슴, 퓨마, 코요테, 스컹크, 보브켓 등이 서식한다고 한다.

# 죽음의 계곡으로

북미 대륙에서 가장 덥고 건조한 지역, 데스밸리(Death Valley). 한 여름에는 기온이 50도 이상으로 올라간다고 하니 사람이 살 수 있는 환경이 아니다. 황량하고 특이한 지형으로 인해 '스타워즈'와 같은 우주영화의 촬영지로 유명하고, 자동차 성능 테스트나 광고 촬영을 위해 찾는 장소로도 유명하다.

이곳을 보기 위해 접근이 용이한 근처로 숙소를 잡았다. 라스베이거스에서 오후 늦게 출발해 날이 어두워지고 나서야 숙소에 도착했다. 사막의 오아시스라고 할까? 숙소는 거칠고 쓸쓸한 사막 한 가운데에 덩그러니 빛나고 있었다. 감탄도 잠시, 다음날 일찍부터 데스밸리를 돌아보기 위해 빨리 씻고 자기로 했다. 아들 녀석에게 양치를 먼저 시키고 짐을 정리하는데 불만 섞인 목소리가 들려온다.

"아빠, 망했어. 물이 안 나와!"

치약을 발라 열심히 치카치카를 하고 물로 헹구려는데 수도물이 나오지 않는다는 것이다. 숙소 관리인에게 급하게 확인했다. 대답이 애매하면서도 황당하다. 물이 원래 수시로 끊기니 기다리면 언젠가는 나올 것이라고 한다. 이제는 여행 경력이 쌓이다 보니 이러한 상황은 그리 심각한 문제가 아니라는 것을 안다. 조금 불편하면 될 뿐이다. 물이 귀한 곳에서는 언제든 생길 수 있는 상황이니까.

"그래도 다행인 줄 알아. 만약 샤워나 머리를 감다가 물이 끊기면 더 끔찍하지 않겠어?"

식수로 사용할 생수를 아껴가며 양치를 끝냈다. 금방 해결될 수 없다는 걸 직감적으로 알았기에 양치만 대충하고 잠을 청하기로 했다. 어느 순간부터 깨닫고 있었다. 이런 곳에 와서 샤워를 기대하는 것 자체가 욕심이라는 것을.

다음날 아침, 데스밸리로 떠나기 전, 숙소와 주변을 둘러보았다. 밤에는 보이지 않던 정겨운 모습들이 우리를 반긴다. 오리와 거위들이 노니는 아담한 호수와 정원, 상상력이 넘치는 조각과 전시물, 역사가 느껴지는 숙소 건물과 장식품… 재미있는 볼거리가 꽤나 많았다. 아들 녀석은 숙소 동물에게 먹이주는 것이 재미있는지 떠날 생각을 않는다. '이

녀석은 도대체 뭘 하러 온 건가?'

"이러다 시간 다 가겠다. 어서 가자. 데스밸리로!"

아들을 재촉해 '죽음의 계곡'으로 떠난다. 그러고 보니 지명이 재미있기도 하지만 끔찍하기도 하다. '아들과 죽음의 계곡으로 떠나야 하다니….' 때마침(?) 하늘엔 구름 한점 없이 햇볕이 강렬히 내리쬐고 있다. 날씨마저 잔인했던 그날, 우리는 하루 종일 죽음의 계곡을 떠돌았다.

가는 곳마다 장소의 특성을 잘 나타내는 이름을 그럴싸하게 갖다 붙였다. 하나 같이 무시무시한 표현이 악랄하게 재미있다. 단테의 신곡에 나오는 지옥을 볼 수 있다는 '단테스 뷰(Dante's View)', 악마들이 골프를 칠 것만 같은 '악마의 골프 코스(Devil's Golf Course)', 먹지 못하는 소금물이 말라 하얀 눈밭이 되어버린 '나쁜 물 유역(Badwater Basin)'… 저마다의 사연을 간직한 듯한 독특한 형태와 빛깔들. 황량하고 썰렁할 것만 같은 사막이 그렇게 슬프도록 아름다울 수가 없다.

아들 녀석은 어느새 또 도마뱀을 발견했다. 나의 눈에는 보이지 않는 것들이 아들 눈에는 잘도 보인다. 어디서 나났는지 돌멩이 색깔의 보호색을 한 조그만 도마뱀이 돌덩이에 찰싹 붙어 일시정지해 있다.

"아빠, 이 녀석 좀 봐. 정말 귀엽지?"

"우와, 그러네. 신기하다. 여기에도 생명체가 있네."

아들 말 대로 깜찍한 모습이다. 그렇지만 어떻게 된 일인지 내 눈에는 자꾸만 애처로워 보인다. '물도 없고 먹이도 귀할 텐데, 이 도마뱀은 어떻게 이런 곳에서 살아갈까?' 이런 극한의 환경에서 살아가고 있다니 그저 놀랍기만 하다. 아들 말로는 물고기가 사는 곳도 있다고 했다. 정말이지 위대한 자연의 생명력에 감탄을 금할 수가 없었다.

그러고 보니 죽음의 계곡도 죽음만 가득한 곳이 아니라 생명들이 살아가는 생명의 땅이었다. 그렇게 열악한 환경에서도 희망을 피워내는 그 아름다운 모습들. 그렇다면 세상 어디든 절망과 죽음을 극복해내는 희망과 생명이 있지 않을까?

데스밸리를 탐험하는 매 순간이 흥미진진했다. 하지만 한편으론, 햇볕이 강렬하고 그늘도 없는 더위에 지쳐 돌아다니기가 결코 만만치 않았다. 여름에 오면 정말 힘들어서 죽을지도 모른다. 우리는 가을에 간 덕분에 살아 돌아왔지만. 어떤 이들은 진정한 데스밸리를 경험하려면 여름에 와야 제격이라 한다. 그래서 아들 녀석에게 슬쩍 물어보았다.

"혹시, 한여름에 아빠랑 다시 도전해 보지 않을래?"

한 치의 망설임 없이 'No, Thank you! (고맙지만 사양하겠다)'라고 한다.

## 시훈이의 일기

　　오늘 숙소는 사막 한가운데에 있는 숙소다. 사막이어서 물이 잘 안 나와 고생했다. 앞날이 걱정된다. 드디어 지구 표면에서 가장 뜨거운 지역 데스벨리에 갔다. 데스벨리는 고원지대부터 해수면 아래 지대까지 고도가 매우 다양하다. 가을인데도 30도를 육박하고 일교차가 약 25도는 되는 것 같다. 이곳은 매우 뜨겁다. 비가 와도 금방 마르고 거대한 소금 밭이다. 이곳이 바다였을까 호수였을까? 이곳은 돌 색깔이 빨강, 파랑, 초록 등 다양하다. 그리고 놀랍게도 물고기가 산다고 한다. 비록 나는 도마뱀 밖에 보지 못했지만.

4부

무엇을 믿어야 하는가

# 우한의 추억

아들의 몸살, 렌터카 보험 강매, 공항 노숙… 매번 여행을 시작할 때마다 우여곡절을 겪다 보니, 어느 순간 아무 일 없다는 것이 그렇게 감사할 수가 없다. 이제는 행운을 기대하기 보다는 불운이 없기를 기도하는 편이다. 그러고 보면 2019년 말, 겨울에 떠났던 유럽여행은 정말 '다행(多幸)'이었다. 여행의 준비에서부터 감사할 일이 생기기 시작했다.

운 좋게 유럽 왕복 항공권을 아주 싸게 구했다. 이런 가격이면 항공사가 손해보지 않을까? 로마로 입국해 암스테르담에서 돌아오는 항공권 가격이 38만원이었다. 중국 남방항공에서 겨울 비수기를 감안해 파격적인 가격으로 항공권을 팔았다. 가격이 워낙 싸다 보니 중국을 경유해서 가는 불편함도 신나는 모험으로 다가왔다.

로마로 가는 길에 우한을 경유하는 여정이다. 짧은 경유 연결편도 있지만, 일부러 경유 시간이 긴 항공편으로 했다. '경유 무비자 제도'를 활용해 우한을 여행하기로 했기 때문이다. 경유 시간이 10시간 정도 되기에 우한 시내를 돌아보고 오기로 했다.

우한의 번화가인 장한루로 향했다. 이곳은 독일의 조계지*였기 때문에 유럽식 건물들로 가득하다. 언뜻 보면 중국이 아닌 듯한 느낌마저 들었다. 하지만 역시 중국다운 것은 어디를 가도 사람들이 바글바글 했다. 특히 음식을 파는 거리는 발 디딜 틈이 없을 정도였다.

길거리 음식들이 눈길을 끈다. 정체를 알 수 없는 각종 고기로 만든 꼬치 구이들이 신기하기만 하다. 황소개구리 먹기에 한번 도전해 볼까 했지만 아무래도 찝찝했다. 예전 같으면 이것저것 가리지 않고 먹어 보았을 텐데, 아이를 데리고 다니는 여행에서는 아무래도 위생에 신경을 쓰게 된다. 과일에 물엿을 가득 묻힌 '탕후루'와 같은 간식거리들도 우리를 유혹했다.

"아빠, 나 탕후루 먹고 싶어. 별로 비싸지도 않은 것 같은데…."

아들 녀석이 계속 탕후루를 사달라고 졸랐다. 가격이 부담 없다고 선수까지 친다. 그래도 불량(?)식품이라 갈등이 되었다. '가격도 저렴하고 맛있어 보이는데 그냥 사줘 버릴까?' 한참을 고민했다. 그러다 아들의 초롱초롱한 눈망울을 보며 내키지 않는 속마음을 꾹 누르며 지갑을 열었다.

그런데 막 10위안을 꺼내려는 순간, 시커먼 얼굴을 하고 침을 튀겨가며 요란하게 떠들어대는 가게 주인의 모습이 들어왔다. 심지어 탕후루 주변에는 날파리마저 윙윙대고 있었다. 갑자기 아침에 먹었던 음식이 올라오려 한다. '이거 위생이 엉망일 것 같은데…?' 탕후루에는 길거리의 온갖 먼지와 세균들까지 잔뜩 달라붙어 있을 것만 같았다. 결국 지갑을 닫고 여전히 미련을 못 버린 녀석의 손을 잡고 그곳을 황급히 빠져나왔다.

탕후루를 사주지 않은 것이 정말 다행이었음을 뒤늦게야 알았다. 우리는 코로나가 막 시작되기 전, 그 발원지인 우한의 한 가운데에 있었다. 여행하던 시기가 코로나 유행시기를 살짝 앞서기는 했지만, 그 전부터 코로나가 퍼져 있었을 수도 있다. 조심한 덕분인지 우리에게는 다행히 아무 일도 없었다. 무사했음에 감사했다. 무사히 여행을 할 수 있다는 것 자체가 얼마나 큰 행운인가?

우한 시내에서 저녁을 먹고 야경까지 본 후, 다시 로마행 밤 비행기를 타기 위해 공항으로 향했다. 저렴하게 항공권을 구매했기에 별 기대를 하지 않았는데 남방항공은 기내

시설과 서비스까지 훌륭했다. 게다가 그렇게 우려했던 연착이나 수화물 파손과 같은 문제도 발생하지 않았다. 무사했음에 다시 한번 감사했다.

## 시훈이의 일기

비행기를 타고 우한으로 갔다. 탕후루와 황소개구리 등 많은 음식이 있었다. 아빠가 황소개구리를 나에게 먹이려고 했다. 탕후루를 먹고 싶었는데 아빠가 돈이 아까워서인지 사주지 않았다. 저녁은 현지 유명음식인 무창어(물고기)를 먹었다. 내가 왜 그랬는지 모르겠지만 당나귀 고기를 먹자고 했다.

---

* 조계지: 개항 도시에 외국인이 자유로이 통상 거주할 수 있도록 설정한 구역

## 만감이 교차하는 로마

우한에서 밤늦게 출발한 비행기는 예상보다 1시간 이른 새벽 5시에 로마 공항에 도착했다. 도착하자마자 아들 녀석의 유별난 걱정이 시작되었다.

"아빠, 이제부터 정신 바짝 차려야 해!"

아들은 여행을 오기 전 어디서 들었는지 모르지만, 로마에는 소매치기와 사기꾼이 많아 주의해야 한다고 했다. 그래서인지 공항 입국장에서부터 과도하게 자기 짐을 챙기기 시작한다. 아들의 눈에는 모든 사람들이 경계 대상이다.

그러고 보니 20년 전 유럽을 여행할 때, 로마에서 소매치기를 당할 뻔했던 기억이 난다. 그 당시 여러 명의 아이들이 내게 다가와 시선을 끌고, 한 녀석이 내 주머니로 손을 집어넣어 지갑을 훔치려 했다. 어설픈 풋내기라 즉시 내가 알아

차려 당하지는 않았지만 깜짝 놀랐던 적이 있다. 20년이 지나서도 여전히 로마에 소매치기가 많다는 사실이 놀라웠다.

20년 만에 로마에 다시 돌아왔다. 동전을 던진 덕분일까? 청년의 내가 20년 전 이곳에서 동전을 던진 덕에 중년의 내가 여기에 서게 된 것일지도. 트레비 분수는 비수기임에도 사람들로 가득했다. 또한 분수 속에는 여전히 반짝이는 동전들로 가득했다. 아들 녀석이 자기도 다음에 다시 오겠다며 동전을 던진다. '그래, 이왕이면 나중에 커서 늙은 아빠를 한번 모시고 다시 와 주렴.'

트레비 분수를 비롯해 로마에는 유명한 곳들 천지이고, 가는 곳마다 관광객들이 넘쳐 흘렀다. 도시 전체가 유적지이다 보니 관광 수입만 해도 어마어마 하리라. 조상 덕에 쉽게 돈을 벌고 있다는 생각이 문득 들었다. 그러고 보니 이탈리아 사람들은 별로 일도 안하고 놀고먹는 듯하다. 한편으론 그들이 부럽기도 하지만 나태해지면 발전이 없는 법. 편안한 삶만이 행복을 보장하는 것은 아니라고 스스로를 위로한다.

찬란한 로마의 유적들을 돌아보았다. 그 중에서도 성당은 눈부실 정도로 화려했다. 반면에, 성당 주변에는 약속이나 한 듯 항상 구걸하는 사람들이 있었다. '아마도 성당을 방문하고 나면 사람들이 좀 더 동정심이 생겨 기부할 확률이 높아지겠지?' 산티냐시오 성당을 나오다 마주친 그들. 다리를 잃은 이, 병약한 노인, 아이를 안고 있는 여인…. 아들 녀석은 불쌍한 사람을 보면 계속 신경이 쓰이는지 어떻게 해야 할지를 물었다. 솔직히 나도 모르겠다. 매정하게 뿌리치라고 할 수도 없고, 그 많은 사람들을 다 도울 수도 없는 노릇. 우선은 가장 마음이 가는 이에게 본인 용돈으로 기부하라고 했다. 불쌍한 자들을 보면 생각없이 지나치곤 했는데 앞으로 어떻게 대처하고 아이에게는 어떻게 교육해야 할지….

콜로세움, 포로로마노, 키르쿠스 막시무스(전차경기장) 등의 유적지들을 둘러볼 때에는 로마제국의 화려했던 옛 모습이 그려졌다. 영화 '글레디에이터'와 '벤허'를 재미있게 보았던 기억이 있다. 그 영화의 배경이 되었던 장소에 와서 아들 녀석에게 당시 권력자들의 행태와 소시민, 노예들의 생활에 대해 얘기해 주었다. 그랬더니 기다렸다는 듯이 물어온다.

"아빠, 로마제국 시대에 노예로 태어나면 어떤 느낌일까?"

"글쎄, 힘들어서 살아갈 의욕이 없지 않을까?"

"그럼, 아빠는 왕이나 귀족으로 태어나면 좋아?"

"흠, 그렇다고 아빠는 권력자들의 생활도 그리 부럽지는 않은데…."

아들 녀석이 던진 질문에 한동안 이런저런 생각들이 스쳐갔다. 누군가의 편안함과 쾌락을 위해 많은 선량한 사람들의 희생이 뒤따랐다는 사실이 슬프다. 자유가 없는 노예처럼 구속받는 삶을 살아가야 한다면 얼마나 끔찍할까? 아무런 희망도 없이 하루하루 연명하는 것만큼 불행한 삶이 또 있을까? 그렇다고 육체적인 편안함과 쾌락을 누렸던 지배자들은 과연 마음이 편했을까? 구속받는 자와 구속하는 자, 그 어느 누구도 행복해 보이지 않는다.

예전에 방문했던 중국 시안의 진시황릉에서도 비슷한 생각을 했다. 만리장성과 아방궁을 건설하기 위해 수많은 백성을 동원하고, 죽은 뒤 묻힐 묘지까지 만들었던 당대 최고의 권력자. 죽을 때까지 본인의 욕망을 위해 양민들의 희생을 강요했던 그를 후대의 사람들은 어떻게 평가할까? 현대인들이 도저히 이해할 수 없는 일들이 옛날에는 동서양을 막론하고 일어났다. 소수의 왕과 귀족들을 위해 많은 이들이 희생되었고, 그 불쌍한 사람들의 노고로 지금의 위대한 유물들이 남았다는 사실이 씁쓸하다.

옛날에 태어나지 않은 것이 얼마나 다행인지 모르겠다. 나는 왕이나 귀족이 되고 싶지도 않고 그들을 위해 희생하고 싶은 생각은 더더욱 없으니.

## 시훈이의 일기

　　새벽 5시경 드디어 로마에 도착했다. 소매치기가 어디서 나타날지 주의

해야 했다. 트레비 분수에 갔다. 금박 같은 게 분수 바닥에 있는데 다 동전

이었다. 이곳에 동전을 던지면 로마에 다시 방문할 수 있다고 한다. 나도 동

전을 던졌다. 그 다음 산티냐시오 성당에 갔다. 성당을 나오는데 거지 할아

버지가 있었다. 아무도 기부를 하지 않아 내가 1유로를 드렸다. 그 다음 콜로

세움과 포로로마노에 갔다. 고대 로마 제국을 상상할 수 있을 것 같다.

# 자동차 파손 사건

프랑스 마르세유에서 자동차를 구했다. 우리는 시트로엥사의 소형 SUV를 리스하여 프랑스와 스페인에서 타고 다닐 계획이었다. (프랑스에서는 자국의 자동차 산업을 육성하기 위해 리스카 면세 제도를 운영한다. 그래서 장기여행 시에는 렌터카 보다 더 저렴하다.) 우리의 발이 되어줄 꼬마 자동차. 마치 장난감 같다. 까만 색의 깜찍한 외관에 빨간 번호판. 참으로 인상적이다. 한편으론 너무 눈에 띄어서 나쁜 놈들의 타겟이 될까 걱정이 되기도 한다. 유럽은 자동차 사건사고가 많다고 들었기 때문이다.

자동차로 마르세유를 비롯한 프랑스 남부지역을 돌아보고, 스페인으로 넘어왔다. 들던 바와는 달리 아무 일 없이 순탄하기만 하다. '괜히 헛걱정을 했구나. 프랑스도 스페인도 못 사는 나라가 아닌데 사건사고가 많을 리가…?' 이제껏 안전한 장소에 주차하고 위험한 지역엔 가지 않았다. 너무 주의해서 여행해 왔기에 억울하기까지 했다. 하지만 긴장의 끈을 놓았던 탓일까? 순식간에 우려하던 일이 발생하고 말았다.

2020년 새해 첫날, 우리는 바르셀로나 구엘공원에서 해돋이를 보고 발렌시아 방향으로 가던 중이었다. 사군토(Sagunto)라는 지역에서 잠시 쉬어 가기 위해 휴게소를 들렀다. 화장실을 다녀오고 매점에서 음료를 사서 나온 시간이 불과 10분. 차를 타려고 하는데 어쩐 이상하다. 한쪽이 내려앉은 느낌이다. 오래 살펴볼 것도 없이 뒷바퀴에 바람이 빠져있는 것을 바로 알아챘다.

"맙소사! 누가 이런 짓을!"

멀쩡하던 새 타이어에 칼 자국이 선명하다. 누군가가 10분 사이 타이어에 고의로 펑크를 냈다. 아마 주변에 상주하면서 노리던 자들의 소행인 듯. '많은 사람들이 오가는 휴게소에서 어떻게 이런 일이 일어날 수 있지?' 전혀 예상치 못하고 잠시 방심한 사이, 사고가 강도처럼 들이닥쳤다. 한동안 어이가 없었다. 어떻게 대처해야 할지 아무 생각도 나지 않았다.

그렇게 넋을 잃고 있는 사이, 수염자국이 짙은 한 사내가

접근해 왔다. 불량한 눈빛으로 어눌한 영어를 써가며 우리를 도와주겠다고 한다. 아주 태연하게 자기를 따라가면 해결될 거라고 한다. 그 순간 정신을 차렸다. '의심 가는 행동을 하는 이 사람의 술수에 넘어가서는 안 된다.' 외국인 여행자를 대상으로 일부러 사고를 내고 도와주는 척하며 귀중품을 갈취하는 일당이 있다는 얘기를 어디선가 들었다. 마음 같아서는 한방 날려주고 싶지만 증거가 없다. 그냥 무시하고 꺼지라고 했다.

이제 동요하지 않고 사고 매뉴얼에 따라 시트로엥 서비스센터로 연락을 한다. 현지 경찰에 신고하지는 않았다. 경찰을 부르게 되면 일이 더욱 복잡해질 것 같았기 때문이다. 이런 일로 경찰이 적극적으로 해결해주지 않는다는 것은 이미 익히 들었다. 블랙박스와 같은 증거 자료도 없이 경찰을 불러 커뮤니케이션 할 자신도 없다. 내가 할 수 있는 일은 사고처리를 도와줄 서비스센터에 연락하는 방법 밖에 없었다.

시트로엥 서비스센터는 프랑스에 있고, 지금 나는 스페인에 있다. 나는 프랑스어도 못하고 스페인어도 못한다. 아무래도 문제 해결이 쉽지 않을 듯…. 서비스센터와 통화를 시도했다. 처음에는 연결도 되지 않다가 수차례 시도한 끝에 겨우 연결이 되었다. 자초지종을 간신히 설명하고 나니,

담당직원이 프랑스식 영어로 웅얼거린다. 통화감도 떨어져 커뮤니케이션이 힘겹다. 몇 번을 되물은 끝에야 무슨 소리인지 알 것 같았다.

"일단 견인업체에서 차량을 실어갈 거니까 기다리세요."

"네? 그냥 와서 타이어 교체해주면 안 되나요?"

상황이 생각보다 심각하다. 이곳에서는 타이어에 문제가 생기면 시트로엥 정비소로 가야한단다. 의사소통이 힘든 건 둘째 치고 한국식 서비스를 기대할 수 없다.

"차량을 실어간 후에는 택시를 보내 드릴 겁니다. 택시가 오면 그걸 타고 지정한 호텔로 가서 후속 절차를 기다리세요."

"언제쯤 견인 차량과 택시가 오나요?"

"조금만 기다리세요. 얼마 안 걸릴 겁니다."

대답이 애매모호할 때 알아채야 했다. 견인 차량은 아무리 기다려도 감감무소식이다. 이곳에서는 조금이라는 시간이 3~4시간인가 보다. 오후 2시쯤 사고가 발생했는데 오후 6시가 다 되어서야 견인 트럭이 등장했다. 트럭 기사가 스페인어로 뭐라고 하는데 의사소통이 전혀 안된다. 손짓을 보아하니 차를 트럭에 싣겠다는 의사인 듯. 이제 구글 번역기를 동원한다. 사고 처리 절차가 어떻게 되는지 물어보지만, 자기도 잘 모른다고 한다. 본인은 사고 차량을 지정된 장소로 옮기는 역할만 한다는 것이다. 일단 차량을 실어 보내고 또 기다림이 시작되었다.

날이 어두워지고 컴컴한 밤, 우리는 여행 짐들을 지키며 언제 올지 모르는 택시를 무작정 기다리고 있었다. 기다림에 지쳐 서비스센터에 전화를 하면 곧 도착할 거라는 뻔한 응답만 되풀이된다. 사고 처리 시스템이 너무 갑갑하다. 애초부터 빠른 서비스를 기대하지는 않았지만, 느려도 너무 느린 대처에 몸과 마음이 지쳐갔다. 마침내 밤 9시가 넘어서야 택시가 왔다. 그리고 보니 저녁도 굶었다. 정신이 없어 배가 고픈지도 몰랐나 보다.

밤 늦은 시간, 어디인지도 모르는 이상한 곳으로 흘러갔다. 원래 예약해 둔 숙소는 새해 첫날을 맞아 큰 맘먹고 준비한 지중해 전망의 리조트였는데…. 우리는 아무도 찾지 않는 어느 외딴 곳에 처박혀 새해 첫날 밤을 보내게 되었다.

## 시훈이의 일기

구엘공원에서 일출을 보고 5시간 동안 고속도로를 타고 갔다. 구름이 산을 뒤덮은 놀라운 광경이 펼쳐졌다. 휴게소에 갔는데 어떤 인도계(?) 사람이 우리 차 바퀴를 펑크 내고 고쳐 준다고 했다. 과다한 비용을 청구할 것이 뻔해서 거절했는데 그 사람이 우리를 감시하고 있었다. 일당 2명 몽타주 및 범인 차량 번호판 E 4103 EXT 확보.

다음날 아침, 진행사항이 궁금해 서비스센터에 연락을 했지만 안내 전화를 기다리라고만 한다. 여행 일정에 막대한 차질이 생겼다. 우리는 한시가 급하다. 시간이 지체되면 될수록 향후 일정이 줄줄이 꼬인다. 하지만 우리 사정을 아는지 모르는지 이 사람들은 너무나 여유롭다.

차량을 견인해간 후, 서비스센터, 견인업체, 그리고 정비소가 서로 긴밀히 협조할 거라고는 애당초 기대하지 않았다. 그래도 이건 너무했다. 프로세스가 느린 정도가 아니라 멈춰 있었다. 여기저기 직접 전화해 대느라 녹초가 될 지경이다. 현지 스페인 사람들은 영어가 전혀 통하지 않았고, 프랑스의 서비스센터는 담당자가 지정되지 않아 통화할 때마다 사정을 설명해야 했다.

영어가 가능한 숙소 직원의 도움을 받아 견인업체에 연락을 취했다. 아니나 다를까? 차량이 그냥 방치되어 있었다. 답답한 마음에 직접 재촉해 정비소로 보내 달라고 했다. 그러면서 문득 의심이 들었다. '차량이 정비소에 도착해도 재촉하지 않으면 그냥 내버려두지 않을까?' 그래서 결심을 했다. '계속 기다리고만 있다가는 몇 날 며칠이 걸릴지 모르니 직접 정비소로 찾아가자.'

오전 10시, 우리는 정비소의 고객대기실에 앉아있었다. 차량이 수리되는 대로 타고 갈 거라고 했다. 아무래도 눈치를 주며 버티고 있으면 빨리 처리해 줄 것 같았다. 사실 타이어 하나 갈아 끼우면 되는데 뭐가 이리 힘든 일인지. 바로 그 때, 정비 담당자가 나타나 이상한 소리를 해댄다.

"차량에 맞는 타이어가 없어 당일 처리가 안됩니다. 주문하면 며칠 걸려요."

안 그래도 소중한 이틀이 날아갔는데 환장할 노릇이다. 더 늦어지면 여행이 완전히 엉망이 된다. 이럴 땐 나만의 요령을 쓸 수밖에. 흥분을 가라앉히고 심각한 표정으로 윗사람과 얘기하고 싶다고 했다. 그제서야 담당자가 다른 방법을 찾아보겠다고 한다.

"똑같은 타이어는 아닌데 비슷한 타이어로 오후에 구해올 수 있어요."

불행 중 다행이라 스스로를 위로하며 정비소에서 기다린다. 정비소 주변에는 오렌지 밭만 즐비하고, 공장 몇 개만 눈에 띈다. 어디 갈 만한 곳도 마땅치 않다. 오후에 온다는 타이어는 오후 4시가 되어도 오지 않았다. 하루 종일 대기하며 시간을 보내고 있자니 눈물이 앞을 가린다. 원래 일정은 '알람브라 궁전'이었는데…. 기다림에 지쳐 자포자기 상태가 될 즈음, 드디어 타이어가 왔다. 교체 작업은 1시간이면 끝난다고 한다. 날이 어두워질 무렵, 그제서야 타이어 교체 작업이 끝났다.

지금 시각 오후 6시 40분, 마침내 다시 떠난다. 교체 작업이 끝나고도 차량에 에러메시지가 계속 뜨길래 가던 길을 되돌아가 재점검까지 받았다. '이제는 정말 문제없겠지?' 전날 못다한 운전거리를 합쳐 예약해둔 숙소가 있는 '네르하'까지의 운전시간은 무려 6시간. 캄캄한 어둠을 뚫고 운전해 가야 하지만, 뒤틀린 여행을 되돌리기 위해 무리를 해서라도 가야만 했다.

어둠을 헤치고 운전한 지 1시간, 새로운 난관에 봉착했다. 어디인지도 모르는 지역에서 안개가 자욱하게 끼더니 한치 앞이 보이지 않는다. 바짝 긴장해서 운전하느라 정신이 없다. 하필 그 때, 시트로엥 서비스센터에서 눈치 없이 연락이 왔다. 보험 처리를 위해 진술서, 사고보고서, 차량수리 영수증을 24시간 내로 메일로 보내라고 한다. (본인들은 일처리가 느리면서 요구하는 것은 급하다.) '아! 해결해야 할 문제가 끝이 없구나!'

골치 아픈 문제들로 머리가 복잡할 때에는 시간에 맡기는 것도 방법이다. 어차피 시간이 해결해줄 테니 이것저것 생각 않고 부딪혀 보기로 했다. 다행히 여행에 대한 절실한 마음이 통했는지 나는 어느새 초인적인 힘을 발휘하고 있었다. 쉬지 않고 차를 몰아 새벽 1시가 되어 숙소에 무사히 도착했고, 새벽 4시까지 보험청구 자료를 만들어 보내는 놀라운 내 모습을 보았다. 고난은 사람을 이토록 강하게 만들었다.

자동차 파손 사건 이후의 후유증이라고 할까? 이제는 무료 주차장이 있어도 굳이 유료주차장에 돈을 내고 주차를 한다. 다시 초심으로 돌아갔다. 안전한 장소에 주차하고 위험한 지역엔 가지 않기로 했다.

## 시훈이의 일기

오늘은 정비소에 맡겨 둔 차를 찾으러 가는 날이다. 정비소는 아직까지 차를 그대로 두고 있었다. 맡겨 둔 지가 언젠데! 할 수 없이 대기실에서 기다렸다. 차를 받고 가는데 또 문제가 생겨 다시 가야 했다. 2020년은 왜 운이 계속 안 좋은 거야!

# 보이 오브 라만차

"들어라, 썩을 대로 썩은 세상아! 죄악으로 가득하구나!"

노래말이 재미 있었을까 아니면 세상이 그리 호락호락하지 않다는 사실을 벌써 알아버렸을까? 아들 녀석은 콘수에그라를 돌아보는 내내, 뮤지컬 '맨 오브 라만차'에서 돈키호테가 부르는 소절을 목청껏 부르곤 했다.

코르도바에서 톨레도로 향해 가는 길에 돈키호테의 풍차마을로 유명한 콘수에그라를 들렀다. 해가 중천에 뜬 대낮, 마을에 들어서자 관광지라고 하기엔 이상하리만큼 조용했다. 비수기여서인지 방문하는 사람이 없어 유령마을 같았다. 저 멀리 언덕 곳곳에는 돈키호테가 돌진했을 것 같은 투박한 풍차들이 흔들흔들 하고 있었다.

풍차를 보자 왠지 나의 가슴이 두근거렸다. 라만차의 기사처럼 거인 같은 풍차를 향해 돌진하듯 차의 악셀을 힘차게 밟아본다. 순식간에 언덕에 오르자 드넓은 들판과 고즈넉한 마을이 내려다보인다. 풍차와 고성이 어우러진 높은 언덕 위에 서서 인간세계를 바라보고 있으니 우리가 뮤지컬, 아니 세상의 주인공이 된 것 같았다. 우리는 마치 돈키호테가 된 양, 언덕 위를 미친 듯 뛰어다녔다.

돈키호테는 그저 어린이용 만화로만 알았는데 어른이 되어서야 알았다. 이 작품이 스페인의 국민 작가 세르반테스가 쓴 최초의 근대소설이자 풍자문학의 걸작이라는 사실을. 돈키호테는 엉뚱한 생각을 많이 하고 무모한 인물의 대명사로 꼽힌다. 어쩌면 그러한 모습이 나와 아들 녀석과 많이 닮았다. 현실을 제대로 직시하지 못하고 가끔씩 허황된 꿈을 꾸는 우리의 모습을 돌아보며, 돈키호테와 불운한 삶을 살았던 세르반테스에게 연민의 정이 들었다. 우리가 여전히 돈키호테와 같이 정의의 사도를 꿈꾸며 살아가고 있기에 그런 생각이 들었는지도.

느지막한 오후에는 스페인 가톨릭의 본산이라는 톨레도 대성당에 방문했다. 아무래도 중추적인 역할을 하는 곳이라 규모나 외양에 있어 위엄이 느껴졌다. 그리고 투박해 보이는 외관과는 달리, 내부는 다른 어느 성당들 보다 눈부시게 화려했다. 온통 황금으로 뒤덮인 중앙 제단을 비롯해 보물과 예술작품들로 가득하다. 아들 녀석이 유심히 내부를 한 번 돌아보더니 의미심장하게 한마디 한다.

"아빠, 성당에 있는 금은보화를 팔아 가난한 사람들을 도우면 모두가 잘 살 수 있지 않을까?"

돈키호테 같은 소리를 하는 참 엉뚱한 녀석이다. 조금 생뚱맞긴 해도 어쩌면 맞는 말일지도 모르겠다. 욕심과 죄악이 사라지지 않는 인간세상, 비겁하고 악한 자들이 가득하다. 뉴스만 보더라도 가난하고 못 배운 자들을 돕기는커녕 이용해 먹거나 착취하는 나쁜 자들을 많이 본다. 심지어 일부 종교인들조차 본연의 역할을 하기 보다 사리사욕을 채우는데 급급한 모습이다. 그렇다면 이 세상이 필요로 하는 사람은 과연 누구일까? 비록 어설프긴 해도 돈키호테와 같이 순수한 마음을 가진 정의의 사도들이 아닐까? 현대판 돈키호테가 많아진다면 모두가 잘 살 수 있는 세상이 오리라는 엉뚱한 생각을 해본다.

숙소인 톨레도 파라도르*에는 저녁 늦게야 도착했다. 숙소가 언덕 위에 있어 저 멀리 내려다보이는 도시 전망이 아주 훌륭하다. 겨울여행이라 해지는 모습과 야경을 자주 볼 수 있어 행복했다. 이날은 특히 스페인의 명절 '동방박사의 날'을 기념해 불꽃놀이까지 한다. 로맨틱한 분위기가 무르익고 감상에 젖어들 무렵, 아들 녀석이 한낮의 여운이 남았는지 아니면 그러한 분위기가 싫었는지 돈키호테처럼 또 외쳐 댄다.

"들어라, 비겁하고 악한 자들아! 너희들의 세상은 끝났다!"

 시훈이의 일기

오늘은 돈키호테에 나오는 풍차마을에 갔다. 돈키호테처럼 뛰어 놀았다. 풍차 안에 웃기게도 편의점과 카페가 하나씩 있었다. 그 다음 톨레도 대성당에 갔다. 스테인드글라스가 유명한 곳이다. 겉으로 보기엔 초라해 보이지만 안으로 들어가면 금은보화와 명작으로 뒤덮여 있다. 그런 것들을 팔아 가난한 사람들을 돕는 게 좋을 것 같은데....

* 파라도르(Parador): 수도원, 고성, 요새 등 역사적인 건물을 개조해 만든 스페인의 국영 숙소

# 세계 최고의 동물원

동물을 유난히도 좋아했던 아들 녀석은 5살 때부터 동물학자가 되겠다고 했다. 그 때부터 아빠는 다른 것은 못해주더라도 동물만큼은 실컷 보여주겠다고 다짐했다.

동물원을 아빠처럼 많이 가본 어른이 있을까? 아들과 여행하며 세계의 수많은 국립공원과 동물원을 찾아 다녔다. 그러고 보니 동물원만 해도 100번은 넘게 다녀온 듯하다. 싱가포르에서는 하루에 3곳의 동물원을 가기도 했고, 상해에서는 3일을 여행하며 같은 동물원을 2번 방문하기도 했다. 왜 이리도 동물원을 찾아 다녔을까?

아빠는 사실 문학도의 길을 접고 17년의 세월을 금융사에서 버텼다. 오랫동안 하고 싶은 것을 참아가며 하기 싫은

일을 하며 살아왔기에 내 아들은 그러지 않기를 원했다. 그런데 아들에게는 엉뚱한 꿈이 있었다. 뜬구름을 잡는 듯한 거창한 꿈. 동물을 유난히 좋아했기에 동물학자가 되어 세계 최고의 동물원을 만들겠다고 했다. 이루기 힘든 꿈이란 걸 알지만 그래도 아빠는 아들이 꿈을 포기 않길 바랐다. 그렇다면 아들의 꿈, 그 뜬구름을 잡기 위해 최고의 동물원을 찾아 다니는 여정은 누가 뭐래도 우리에게만큼은 특별한 의미가 있을 수밖에.

그래서였을까? 여행을 할 때면 방문지에 동물원이 있는지 항상 찾아보곤 했다. 스페인 북부를 여행하면서도 산탄데르 근처에 '카바르세노 자연공원'이라는 색다른 곳이 있다고 들었다. '이름부터 동물원이 아니고 자연공원이라? 과연 어떤 곳이길래 그렇게 부를까?'

1월 한겨울이 무색할 만큼 따스했던 날, 드디어 고대하던 카바르세노를 방문했다. 들어서자마자 눈길을 사로잡는 드넓은 초원과 숲, 그리고 병풍처럼 둘러싼 설산. '내가 동화 속에 들어온 건가?' 꼭 비밀의 장소에 초대받은 듯했다. 카바르세노는 특이하게도 이곳에 있던 폐광산에 세워진 동물원이라고 했다. 인공 구조물은 최소한으로 하고, 자연 그대로의 절벽, 바위산, 호수, 언덕 등을 활용해 거대한 공간을 만들었다. 당연히 동물을 위한 공간은 어느 동물원 보다 넓

고 쾌적해 보였다.

저 멀리 절벽 아래로 흑표범 두 마리가 여유롭게 산책을 한다. 저 높은 바위산 꼭대기에는 고독을 즐기는 스라소니가 보인다. 하마 가족은 커다란 호수 하나를 모두 차지하고 느긋하게 물놀이를 하고 있다. 원숭이들은 넓은 대지를 돌아다니며 자유를 만끽하고, 그 와중에 경치를 보며 사색에 잠긴 녀석도 있다. '이토록 동물들이 사람을 의식 않고 자기들의 생활을 누리고 있는 동물원이 있을까?' 아들의 표현 그대로 과연 '동물들의 천국'이라 할 만했다.

"아빠는 어떤 동물원이 최고라고 생각해?"

아들 녀석이 무언가 영감을 얻었는지 느닷없이 날카로운 질문을 한다. '따라다니는 것도 힘든데, 이런 곤란한 질문까지 하다니.' 그래도 아빠답게 그럴듯한 답을 생각해 본다.

"흠, 아빠 생각엔… 동물들이 행복하게 지낼 수 있는 곳이 최고의 동물원이 아닐까?"

카바르세노처럼 자연에 가까운 환경에서 동물들이 자유롭게 살아가는 곳이 이상적인 동물원이라고 말했다. 동물(動物)의 사전적 의미도 '움직이는 생물'이지 않은가? 그렇다면 동물은 마음껏 움직이지 못하면 불행할 수밖에. 이제껏 다녀온 동물원들만 봐도 행동의 제약이 많았던 곳의 동물들이 유독 생기가 없었다.

불현듯 구속받는 삶을 누구보다 싫어했던 나의 모습이 떠올랐다. '조금은 독특한 놈이었던 나에게는 너무나 갑갑했던 회사, 그리고 불편했던 사회 제도와 관습. 그 속에서 무던히도 자유로운 삶을 꿈꾸며 발버둥쳤었지….' 사회적인 동물이라는 사람도 사회생활의 구속이 그렇게 싫은데, 하물며 이성적이지도 않을 동물들이 구속받는 환경에서 살아간다면 얼마나 고통스러울까? 그런 점에서 본다면, 동물들이 구속받지 않고 '동물답게' 살아가는 카바르세노, 이곳이 세계 최고의 동물원*이 아닐까?

최고의 동물원을 보게 되어 좋기만 할 줄 알았는데 또 다른 고민이 생겼다. 과연 동물들이 자유로운, 세계 최고의 동물원을 만들겠다는 아들의 꿈이 실현될 수 있을까? 이렇게 넓은 땅을 구하는 일도, 이토록 넓은 지역을 관리하는 일도 결코 만만해 보이지 않는데….

---

* 세계 최고의 동물원: 아들 기준 Top 5 (미국 샌디에고 동물원, 싱가포르 동물원, 타이베이 동물원, 베트남 푸꾸옥 사파리, 스페인 카바르세노 자연공원), 아빠 기준 Top 3 (호주 타즈매니아 Unzoo, 프랑스 몽펠리에 동물원, 스페인 카바르세노)

# 시훈이의 일기

　　오늘은 카바르세노 자연공원에 갔다. 먼저 호랑이를 보았고, 케이블
카를 타고 하마와 불곰을 보았다. 그 다음 흑재규어를 보았다. 흑재규어는
1/20 확률로 태어난다고 한다. 카바르세노 자연공원은 동물들의 천국이다.
우리가 엄청 넓고 몇몇 동물들은 우리 밖을 돌아다닌다. 이곳은 세상에서
제일 큰 동물원이라 해도 될 것 같고 내 기준으로 가장 좋은 동물원 4위 안
에 든다.

# 무엇을 믿어야 하는가?

여행 경력이 많이 쌓였다. 25살에 처음으로 새로운 세계를 접하고, 그 후로 수많은 곳들을 줄기차게 다녔다. 그러다 보니 노하우도 쌓이고, 여행만큼은 누구보다 잘 할 자신이 있었다. 나의 경험과 지식 그리고 여행정보만 있다면 세상 어디 가서도 걱정 없을 것 같았다.

산세바스티안(바스크어: 도노스티아)이라는 도시를 지나고 있었다. 이곳은 프랑스 국경과 가까운 스페인 북동부의 해안도시로 휴양지로 유명한 곳이다. 우리는 여기에서 하루를 머물게 되었고, 사람들이 많이 찾는다는 '우르골'이라는 전망대를 가보기로 했다. 조그마한 산을 올라가면 꼭대기에 예수상이 있고 바다 전망이 좋다고만 들었다.

산을 오르기도 전에 해안 경치에 매료되어 잔뜩 기대가 되었다. 높은 곳에 오르면 더 멋진 전망을 볼 수 있을 것 같다. 높이를 보아하니 30분이면 충분할 듯했다. 등산로 입구에 안내지도가 있었지만 거들떠보지도 않았다. '흠, 이 정도 산은 누워서 떡 먹기지.' 요런 곳은 가뿐하게 오를 수 있으리라 확신했다. 나만의 오랜 경험과 지식에서 나온 특급 노하우가 있으니.

(1) 사람들이 있으면 그들을 따라 올라간다.

(2) 갈림길이 나타나면 더 큰 길을 택한다.

(3) 가끔씩 정상을 보며 방향을 확인한다.

자신 있게 등산을 시작했다. 그런데 10분 정도 지나자 어째 불안한 느낌이 든다. 우선 등산하는 사람들이 거의 없다. 게다가 엇비슷한 갈림길은 이상하리만큼 많다. 그리고 정상에 있는 예수상은 수풀에 가려 잘 보이지 않았다. '전에는 이런 적이 없었는데….' 몇 번이나 엉뚱한 길로 들어섰다 되돌아 가기를 반복했다. 30분쯤 지나자 결국 아들 녀석이 투덜거리기 시작했다.

"아빠, 정상까지 30분도 안 걸린다고 해놓곤 왜 이리 오래 걸려?"

"그러게. 이 산이 좀 특이하네. 이제 얼마 안 남았어. 조금만 참아."

사실 얼마 안 남았는지는 나도 모른다. 계속 가다 보면 조만간 도착할 것이라고 기대할 뿐이다. 그렇게 30분을 더 헤맸다. 30분이면 오를 줄 알았던 정상. 결국 이리저리 헤매다 1시간이 넘게 걸렸다. 정상에 오르자 마침내 시원스레 펼쳐진 자연과 인간세계를 굽어보는 예수상이 우리를 반긴다. 인자한 모습의 예수상이 오래 기다렸다는 듯 말을 건네 오는 느낌이다. '이보게, 자네가 잘나 봤자 얼마나 잘났겠나?' 마치 나에게 훈계하는 것만 같았다.

이제껏 풍부한 경험과 타고난 방향감각으로 길 찾기에 소질이 있다고 생각해 왔다. 나의 경험과 지식, 능력만 믿고 자만했다. 하지만 '교만은 금물'이며 '무엇이든 지나치면 독'이라는 격언이 틀리지 않았다. 스스로를 믿는 것이 필요하지만 너무 믿는 것은 탈이다.

그렇게 우르골을 끝으로 스페인을 뒤로 하고 프랑스로 넘어갔다. 목적지는 와인으로 유명한 '보르도'. 먼 길을 운전해 보르도 근처에 도착할 무렵, 날이 어두워지고 비가 내리기 시작했다. 여행을 와서 이제껏 계속 날씨가 화창하다가 처음으로 비를 만났다. 사실 여행기간 중 비가 많이 올 거라는 다양한 소식통에, 비옷이며 우산이며 만반의 준비를 해왔다. '이제 드디어 써먹어 볼 때가 된 건가?'라는 생각이 들자마자, 아쉽게도(?) 보슬비가 바로 그쳤다.

유럽여행을 준비하면서 '겨울에 가면 여행하기에 좋지 않다'는 얘기를 정말 많이 들었다. 춥고 비 오는 날이 많아 힘들고 불편하다는…. 정말 그랬을까? 전혀 그렇지 않았다. 춥지도 않았고, 비가 온 날도 거의 없었다. 비수기라 여행지가 복잡하지 않아 구경하기에도 좋았다. 단점이 있다면 해가 짧은 것인데 그것 마저도 장점으로 느껴졌다. 덕분에 해 지는 모습과 야경을 많이 볼 수 있었으니. 다행히도 여행정보가 '기분 좋게' 틀렸다. 그런데 만약 반대로, 아주 좋다고 해서 왔는데 최악이었다면 기분이 어땠을까?

그렇다면 여행정보들을 어떻게 받아들일 것인가? 과연 믿고 의지할 만하다 할 수 있을까? 짧은 생각으로는, 잘 구분해서 취하는 것이 맞을 듯하다. 여행지에 대한 객관적인 사실 정보는 도움을 받아야 하겠지만, 개인적인 견해나 주관이 들어간 정보는 참고하는 수준이 바람직할 것 같다. 사람마다 선호하는 바가 다르고 취향도 다르기에 누구에게는 좋았던 것이 다른 이에게는 좋지 않을 수도 있으니.

하루를 돌이켜보니, 나의 경험과 지식 그리고 세상의 정보, 모두 한계가 있음을 알았다. 여행에 있어 절대적으로 믿고 의지할 수 있는 것은 없었다. 여행은 어떻게 보면 예측 불가능한, 불확실한, 예기치 않은 일들의 연속이다. 이런 일들이 비일비재한 것이 여행이지만 어쩌면 여행은 그런 재미로 하는 것인지도 모르겠다. 정해진 길만 간다면 얼마나 따분할까? 마치 인생이 그러한 것처럼.

## 시훈이의 일기

오늘은 우르골 예수상을 보았다. 아빠가 길을 헤매서 30분만에 무려 8000 걸음을 걸었다. 그리고 도노스티아를 떠났다. 그 다음 4시간을 달려 보르도의 숙소에 도착했는데 드디어 비가 왔다. 유럽은 겨울에 오면 비만 맞고 간다는데 여기서 2주 정도 있었는데 비를 한 번도 안 맞았다. 오늘 온 비도 조금 밖에 안 왔다. 말짱 헛소리다. 그래서 인터넷을 믿으면 안 된다.

## 모나리자와 불쾌감


"빨리 빨리 보고 비키세요!"

모나리자를 떠올릴 때면 나의 귓가에 항상 들리는 듯한 그 외침. 그는 쉴 새 없이 그렇게 고함을 쳐 댔다.


'3박 4일 만에 파리를 제대로 구경할 수 있을까?' 유명한 곳들만 다니기에도 빠듯한 시간. 이제는 아들도 12살이 되어 역사나 문화에 대한 이해가 가능하기에 보여주고 싶은 곳들이 정말 많았다. 군사박물관, 에펠탑, 개선문, 루브르 박물관 등 매일같이 쉬지 않고 걸어 다녔다. 아들 녀석은 걷는 게 싫어 계속 투덜거린다. 그 유명한 개선문과 샹젤리제 거리에서도 '고작 이런 곳을 보려고 힘들게 걸어왔나'라는 눈치다. 그럼에도 꿋꿋하게 아빠는 제 역할을 하려 한다.

루브르 박물관도 꼭 보여주고 싶은 장소였다. 볼거리도 많고 찾는 이들도 많다는 사실을 알고 아침 일찍 서둘렀건만. 우리만 부지런한 게 아니었다. 비수기임에도 30분 이상 줄을 서서 대기한 후 입장을 했다. 아들 녀석이 지난밤 벼락치기로 공부한 덕에 아들로부터 설명을 들으며 구경한다. 다소 엉터리 같긴 하지만 그럭저럭 재미있다. 이제는 많이 자라서 여행을 다니며 도움도 받는다.

박물관을 구경하면서 역시 대단하다는 생각이 들었다. 그렇지만 한편으론 씁쓸한 생각과 아울러 삐딱한 생각이 났다. 루브르에는 다른 나라에서 약탈한 유물들이 유독 많다고 한다. 그럼에도 불구하고 마치 자기들 것 인양, 값비싼 입장료를 받으면서도 관람객들을 대하는 직원들의 태도가 아주 불량했다. 줄을 서는 것부터 시작해, 입장권을 사고, 작품을 구경하는 여러 상황에서 불친절을 경험했다.

이러한 불친절은 특히, 모나리자를 보는 공간에서 최고조에 달했다. 모나리자를 보기 위해 우리는 다른 관람객들처럼 시키는 대로 고분고분 긴 줄을 서서 대기하고 있었다. 차례대로 20여명씩 끊어서 멀찍이 작품을 잠시 보고 사진을 찍게 하는 식이었다. 유명한 작품이기에 사람들이 몰릴 수 있으니 그렇게 하는 것은 충분히 이해할 수 있었고 불만도 없었다. 하지만 관리자로 추정되는 인상 사납고 덩치 큰

백인 남성이 큰 소리로 고함을 쳐 댄다.

"빨리 빨리 보고 비키세요!"

얼굴 표정이 마치 '어서 꺼지지 않으면 혼내주겠다'는 모습이다. 특히나 동양인들에게 함부로 하는 모습에 인상이 찌푸려진다. 영어를 잘 못 알아듣는 사람들에게는 험한 말을 내뱉기도 한다. '아무리 그래도 비싼 돈 내고 들어왔는데 이런 대접을 받아야 하는가?' 이러한 상황을 지켜보는 것만으로도 불쾌감이 떠나지 않았다.

그렇다면 과연 모나리자 감상은 제대로 할 수 있었을까? 심하게 말하자면, 이건 오직 인증샷 용도에 지나지 않았다. 멀찍이 떨어져서 보니 제대로 보이지도 않는다. 모나리자라는 작품이 얼마나 대단한지는 당연히 느낄 수가 없다. 아무리 훌륭한 작품이라도 도저히 감흥을 느낄 기회가 제대로 주어지지 않는다면…? 그럼 처음부터 전시를 하지 않는 것이 맞지 않을까? 막상 박물관 입구나 안내 책자에는 모나리자를 꼭 봐야하는 작품으로 열심히 광고한다. 허위과장 광고에 완전히 속은 느낌이다. 이럴 줄 알았으면 그 아까운 시간에 다른 작품들을 볼 걸 그랬다.

예전에 타이베이 고궁박물관에서도 '옥배추'를 보기 위해 줄을 섰던 기억이 있다. 어떻게 보면 이런 방식은 박물관에서 이용하는 고도의 마케팅 전략일지도. 특별한 존재가 만들어지기 위해서는 그것에 의미를 부여하는 작업이 수반된다. 누군가가 의미를 부여하기 전에는 아무것도 아닌 것들이 스토리텔링을 통해 만들어진 환상일 수도 있지 않을까?

> 내가 그의 이름을 불러 주기 전에는
> 그는 다만 하나의 몸짓에 지나지 않았다.
> 내가 그의 이름을 불러 주었을 때
> 그는 나에게로 와서 꽃이 되었다.
> 김춘수, 〈 꽃 〉

# 시훈이의 일기

그 유명한 에펠탑을 갔다. 에펠탑에서는 까마귀와 사진을 찍을 수 있었다. 그리고 개선문을 보았는데, 보고 끝이다. 그게 다다. 하루는 루브르 박물관에 갔다. 이곳은 나폴레옹이 전리품을 보관하기 위해 루브르 궁전을 개조한 곳이다. 모나리자와 밀로의 비너스, 승리의 여신상을 보았다. 잔다르크, 민중을 이끄는 자유의 여신, 나폴레옹의 대관식, 광대 등 루브르에는 약 75만 점의 소장품이 있다.

# 리스본과의 인연

 

 

항상 동경해 왔지만 한 번도 가보지 못했던 곳. 리스본은 유럽일주를 계획할 때 포함하기 힘든 도시이다. 유럽대륙의 서쪽 끝에 있다 보니 동선상으로 접근이 아주 애매하다. 나 역시 처음 여행을 계획할 때에는 리스본을 방문할 의사가 없었다. 그랬던 리스본이 갑자기 주요 방문지로 등극했다. 프랑스 파리에서 포르투갈 리스본으로 날아가기로 한 것이다. 보통은 파리에서 주변에 있는 런던, 암스테르담 등으로 넘어가는 것이 일반적인데, 우리는 느닷없이 파리 다음 여정지로 거리가 제법 먼 리스본을 택했다. 왜 그랬을까?

파리 이후의 일정을 계획하며 저가항공을 알아보았다. 그런데 이상하게도 파리-런던, 파리-암스테르담과 같은 가까운 구간이 파리-리스본, 리스본-런던과 같이 거리가 더

먼 구간보다 항공권이 훨씬 비쌌다. 처음에는 상식적으로 이해가 되지 않았다. 그러다 곰곰이 생각해 보니, 가격이 수요와 공급에 의해 결정되고, 수요가 많지 않은 구간의 할인율이 훨씬 높다는 것을 눈치챘다.

'어차피 더 먼 구간이라도 비행시간은 1시간도 차이가 나지 않는다?' 그렇다면 최소비용이 가능한 구간을 조합해 일정을 조율해 보기로 했다. 이렇게 해서 경로상 다소 엉뚱한 리스본이 추가되었고, 항공권 가격이 저렴한 루트, 즉 리스본을 거쳐가는 파리-리스본-런던-암스테르담으로 여행하게 되었다.

드디어 파리를 떠나는 날. 비행기를 여유 있게 타려면 공항에 오전 10시까지 가야만 했다. 공항까지 평소 소요시간은 1시간. 혹시 모를 교통정체를 감안해 30분이나 일찍 출발하기로 했다. 우버를 이용하기로 하고 앱 상에 나오는 소요시간과 비용까지도 확인을 마쳤다. 오전 8시 30분, 준비는 완벽(?)했고 일찌감치 출발했다. 그런데, 얼마 가지 않아 차가 막히기 시작한다. 그러자 내 마음도 살짝 불안해져 간다. 어찌된 일인지 우버 앱의 소요시간이 잘 줄지 않는다. 지금 시각 오전 9시 30분, 공항에 도착했어야 할 시간인데…. 아직도 50분이나 남았다. 마음이 타 들어간다. 이러다 비행기를 놓칠 것 같다.

"거 참, 이렇게 교통정체가 심한 날은 처음이네요."

말은 그렇게 하지만 느긋하기만 한 우버 기사가 얄밉기까지 하다. '이 사람은 아쉬울 게 없다. 어차피 시간이 더 걸리면 요금만 더 받으면 되니까.' 점점 불안해져 갔다. 요금도 시간에 비례해서 미친듯이 올라간다. 이렇게 마음을 졸인 적이 없다. '비행기를 놓치면 그냥 파리에 머물다 런던으로 바로 가야하나? 리스본은 정녕 나와 인연이 없는 곳일까?' 나중에는 거의 자포자기 상태였다.

오전 10시 30분, 무려 2시간이나 걸려 공항에 도착했다. 시간이 빠듯하지만 한번 해 볼만하다. 아들 녀석과 함께 허겁지겁 비행기를 타러 달려 간다. 한치의 실수도 용납되지 않는 상황. 다행히 우리는 짐이 별로 없어 몸이 가벼웠다. 부쳐야 할 수화물이 있었다면 불가능할 일이었다. 순식간에 발권을 하고 검색대를 지나 출국심사를 끝냈다. 탑승마감 5분 전. 탑승구까지 거의 날아가다시피 했다. 30초만 더 늦었어도 비행기를 못 탔다. 땀을 삐질삐질 흘리며 그제서야 안도의 한숨을 쉰다. '못 갈 것만 같았던 리스본. 참 어렵게 가는구나. 리스본 가는 길이 이렇게 힘들 줄이야.'

이래저래 인연이 없을 것 같던 리스본에 마침내 날아왔다. 파리에서 1시간 밖에 걸리지 않는 곳인데 완전히 다른 세상이다. 파리에서 겪었던 쌀쌀한 날씨, 혹독한 물가와는 달리 한겨울임에도 아주 따뜻하고 모든 것이 싸게만 느껴졌다. (공항에서 숙소까지 우버를 이용하니 10유로가 나왔다. 오전에 파리에서 탔던 우버 비용은 100유로였다.) 그리 세련되지는 않았지만 아늑한 도시 풍경은 고향같이 편안함을 더해 준다. 어렵게 맺은 인연이 따뜻한 연인처럼 다가왔다.

# 시훈이의 일기

　　오늘은 프랑스 파리를 떠나 포르투갈 리스본으로 왔다. 리스본은 정말 더운 지역이다. 1월 한겨울에도 섭씨 17도나 되었다. 파리에서 공항 갈 때 춥다고 옷을 5겹이나 입어 뜨겁고 더웠다. 그만큼 땅이 찼다는 뜻이다. 포르투갈은 건물이 낙후되고, 우리나라 국민소득의 2/3 밖에 안되는 나라이다. 이 곳이 정녕 유럽인가 할 정도다. 그래도 물가가 싸서 좋다.

## 에그타르트와 해양강국

"야, 이 놈아! 아침 좀 제대로 먹지 않을래?"

조식을 먹을 때면 아빠가 어느덧 잔소리꾼이 되어버린다. 아들과 여행하며 가장 마음에 안 드는 점은 이 녀석이 조식을 대충 먹는다는 것이다.

나는 장기여행을 할 때 조식을 열심히 챙겨 먹는 편이다. 되도록이면 숙소도 조식이 포함된 곳으로 정한다. 조식을 숙소에서 든든히 해결하면 점심도 간단히 때울 수 있기에 비용과 시간 모두 절약된다. 그러니 답답할 노릇이다. '왜 이 녀석은 아무리 얘기해도 이러한 장점을 이해하지 못할까?'

아빠의 불만을 아는지 모르는지 리스본에 와서도 밉상이다. 이곳은 에그타르트의 본 고장 답게 숙소의 조식으로 매일 에그타르트가 나왔다. 그것도 무려 '뷔페식'이라 쌓아 둔 에그타르트를 마음껏 가져다 먹을 수 있다. '이런 횡재가 어디 있을까?' 이 때다 싶어 아침마다 나는 에그타르트만 최소한 3개를 먹는다. 그런데 이 녀석은….

첫날 하나를 맛보더니 더 이상 먹지 않는다. 자기 입맛이 아니라고 한다. 그러고는 그냥 허연 식빵에 쨈을 발라 대충 먹고 조식을 끝낸다. '이 녀석이 배가 불렀나?' 미워서 한 대 쥐어박고 싶은 심정이다. 억지로 먹일 수는 없으니 어쩔 수는 없다. '그 대신 한국에 가서 에그타르트를 사달라고 하면… 어림도 없을 줄 알아라.'

애초 계획은 리스본에 왔으니 에그타르트의 원조 빵집에 가볼 생각이었다. 리스본을 여행하는 사람이라면 꼭 한 번씩은 찾는다는 제로니무스 수도원 옆 '벨렝 빵집'. 우리도 수도원을 방문하는 날 한번 먹어 볼까 했는데…. 나는 숙소에서 이미 3개나 먹었고 아들은 별로 좋아하지 않으니 굳이 갈 필요가 없었다. 덕분에 다른 곳들을 돌아볼 시간이 늘었다. 주변에 있는 현대미술관, 벨렝탑, 대항해기념탑에 더해 예정에도 없던 해양박물관까지 여유 있게 구경했다. '다른 곳에서는 보기 힘든 내용이어서였을까?' 의외로 아들 녀석이 해양박물관의 전시물에 관심을 보였다.

"아빠, 포르투갈은 해군이 부족한가 봐. 해군을 이렇게나 선전하는 걸 보면."

아들이 무언가 특이하다는 인상을 받았나 보다. 나 또한 그들의 절실함(?)이 느껴졌다.

"아빠 생각엔, 여기 사람들이 해양강국이라는 자부심이 대단한 것 같아."

정말이지 가는 곳마다 과거의 영예가 남아있는 해양유물을 고이 보존하고 있었다. 거기에다 해양왕, 탐험가, 항해사 등 대항해시대를 이끈 해양개척의 선구자에 대한 칭송과 찬양도 요란했다. 비록 지금은 국력이 많이 쇠한 상태이지만, 포르투갈은 과거 15~16세기에는 해양을 지배했던 나라였다. 예전의 그 화려했던 시절로 돌아가겠다는, 다시 일어서겠다는 의지가 여기저기서 불타오르는 듯했다.

다음날, 아쿠아리움 방문을 위해 찾아간 신 개발지구에서도 그들의 '해양 자부심'을 발견했다. 세련된 현대식 건물과 독특한 구조물, 깔끔한 해변 산책로와 그 위로 떠다니는 케이블카, 바다 위로 펼쳐진 거대한 다리… 최첨단 시설물과 바다가 조화를 이뤄 또 다른 세상이었다. 원래는 낙후지역이었는데 해양엑스포를 개최하며 도시재생을 이루어 낸 성과물이라 했다.

해양강국의 전통을 보존하려는 노력과 해양도시로의 미래지향적인 모습. 전통과 현대가 조화를 이룬 도시, 리스본을 여행하며 포르투갈의 미래가 어떻게 될까 궁금해졌다.

왕년에 잘 나갔던 나라 포르투갈. 과연 다시 해양강국으로 우뚝 설 수 있을까?

문득 엉뚱하고 부정적인 생각이 스쳐갔다. '왕년에 잘 나갔던 사람 치고 다시 잘 나가는 사람이 있을까?' 다시 일어선다는 것, 말처럼 쉬운 일이 아니다. 과거에 사로잡혀 현실을 제대로 바라보지 못하고, 허황된 꿈을 꾸며, 시간이 갈수록 퇴보해가는 경우가 대부분이라는 사실.

그렇지만, 그럼에도 불구하고… 나의 동료 포르투갈, 너의 건투를 빌어본다. 어쩌면 나도 너처럼 다시 일어서고 싶은 간절한 처지에 있으니. 말 못할 그 절실함이 새로운 영광을 가져오리라 믿는다.

# 시훈이의 일기

　　포르투갈은 원래 에그타르트가 유명한 곳이라 조식도 에그타르트가 나온다. 하지만 내 입맛은 아니다. 현대미술관, 벨렝탑, 대항해기념탑을 보았다. 기념탑은 포르투갈의 탐험가 바스코 다 가마를 기념하기 위해서이다. 그다음 해양 박물관에 갔는데 포르투갈 해군을 엄청 광고한다. 군인이 부족한가 보다.

# 이층버스와 해리포터

"아빠, 런던에 가면 이층버스와 튜브(Tube)도 타보고, 런던동물원에도 가고, 해리포터도 찾아볼 꺼야." 나에게는 시시한 일들인데, 왜 아이들은 이런 걸 좋아할까?

대도시 내의 숙박비가 감당이 안 되면 이동이 불편하더라도 외곽에 숙소를 잡으려 한다. 이동하면서 보고 느끼는 것도 여행의 일부이기에 시간 낭비라 생각하지 않는다. 런던에서의 숙소도 히드로공항 근처로 정했다. 예산 범위인 하루 10만원 수준으로 갈 만한 숙소는 공항 근처 밖에 없음을 알고, 런던 시내로 오가는 시간과 교통비를 따져 본 후 출퇴근하듯 다니기로 했다. 공항과 숙소를 오가는 버스는 요금이 공짜였고, 공항에서 시내로 다니는 지하철 튜브의 요금도 적당했다.

아들 녀석이 타보고 싶어했던 빨간색 이층버스. 우리는 매일같이 숙소에서 3정거장 떨어진 공항으로 이층버스를 타고 오가게 되었다. 불편할 것만 같았던 버스 타기는 오히려 재미있는 놀이로 다가왔다. 우리는 항상 버스를 타면 이층으로 올라가 맨 앞자리에 앉았다. 이 녀석은 자기가 기사가 된 양, 차를 운전하는 시늉을 한다.

"아빠, 여기 앉으니깐 내가 직접 운전하는 느낌이야. 아빠도 따라해 봐."

아들이 아무것도 아닌 일로 신이 났다. 나 또한 좁은 도로를 아찔하게 운전해가는 상상을 하며 스릴을 느껴본다. 사실 아빠도 갑자기 어른이 되었지만 마음은 어른이고 싶지 않다. 그렇게 상상놀이를 해서였을까? 신기하게도 이층버스에서 바라보는 세상은 또 다른 세계로 보였다.

공항에서 시내로는 1시간씩 튜브를 타고 다녔다. 튜브안 비좁은 공간, 이렇게 가까이서 현지인을 관찰할 수 있는 기회가 또 있을까? 거기에다 하루 일정을 점검하고 아들과 못다한 대화를 나누는 소중한 시간이었다. 운 좋게도 숙소를 불편하게 잡은 덕에 아들이 원했던 이층버스와 튜브를 수도 없이 탈 수 있었다.

런던에는 해리포터의 배경이 되었던 장소가 곳곳에 있

다. 우리는 그 중 런던동물원과 옥스퍼드를 다녀오기로 했다. 런던엔 공짜 박물관과 미술관이 수두룩한데 군이 비싼 돈을 내고 동물원을 찾는 사람이 있을까? 그럼에도 우리에겐 가야할 이유가 있었다. 아들 녀석이 좋아하는 동물과 해리포터를 동시에 충족시키기 때문이다. '세계 최초의 동물원'이라는 상징성에 해리포터의 배경이었던 파충류관이 있는 곳. 아니나 다를까? 이 녀석은 돌아보는 내내 싱글벙글했다. 아빠는 입장료가 아깝다는 생각을 지울 수 없었지만.

옥스퍼드에 가는 날에도 아들은 해리포터의 흔적을 보겠다고 신이 났다. 하지만 나에겐 다른 목적이 있었다. 명문대의 분위기를 느껴보고 녀석에게 학업동기가 생겨나기를 바라는 마음이었다. (그러고 보니 스탠포드, 하버드, MIT 등 많이도 다녔다. 공부는 안 시키고 헛바람만 잔뜩 집어넣었다. 솔직히 학원을 안 보내고 여행만 다녀 공부를 잘할까 걱정이다.) 아들 녀석이 '한숨의 다리'라는 곳을 지나며 한마디 한다.

"아빠, 여기 학생들이 얼마나 공부를 하기 싫었으면 한숨을 다 쉬었겠어?"

혹시나 했는데 역시나 이 녀석은 공부엔 관심이 없나 보다. 그저 해리포터의 배경이 된 크라이스트처치를 보느라 정신이 없었다.

그럭저럭 아들이 런던에서 하고 싶어했던 모든 것을 끝냈다. 예상대로 나에겐 대체로 시시했고 아들에겐 최고였다. 어떻게 보면 런던여행이 나에게는 과제수행과 같았다. '그래도 시훈이가 여태껏 본인에게는 시시했지만 아빠가 좋아하는 장소들을 참아주지 않았는가?' 이번에 그 은혜를 갚은 걸로 하기로.

런던을 떠나며 히드로공항의 해리포터 기념품 가게를 들렀다. 그곳에는 어른도 갖고 싶어할 만큼 매혹적인 기념품이 많았다. 아들 녀석이 지팡이를 들더니 주문을 외는 흉내를 낸다.

"아빠, 이 마법의 지팡이가 멋있지 않아? 하나 사서 집에 두면 좋을 것 같은데…."

이 녀석이 해리포터의 지팡이가 갖고 싶은 눈치다. 하지만 결국 문제는 가격이었다. 안 그래도 비싼 런던의 물가에다 해리포터와 관련된 물건이다 보니 가격이 사악했다. 내가 보기에는 그냥 시답잖은 막대기인데. 아들이 내 눈치를 살핀다. 그러고는 분위기 파악이 되었나 보다.

"다시 보니깐 별로인 것 같아. 그냥 집에서 직접 만들어도 되겠는데…."

아들이 안 사줘도 괜찮다고 한다. 철없던 꼬맹이 녀석이 이제 많이 자랐다. 떼를 쓰지 않는 모습이 오히려 안쓰럽다.

괜히 지팡이 하나 못 사주는 내 마음이 아프다.

"그럼, 해리포터 젤리는 어때?"

빈 손으로 나오기 뭐해 그나마 저렴한 젤리를 권해본다. 다행히 아들 녀석이 기다렸다는 듯 좋다고 한다. 별것도 아닌데 기뻐하는 모습에 나 자신이 부끄러워진다. '그래, 아이에겐 무언가 기념할 것이 필요했는데, 나는 단순히 돈으로만 따져 무조건 안 된다고 했으니….'

해리포터 젤리. 이거라도 안 사주었더라면 두고두고 후회했을지도.

# 시훈이의 일기

런던동물원은 세계에서 가장 오래된 동물원이다. 1828년에 세워졌으니 192년 된 동물원이다. 이곳은 해리포터와 마법사의 돌을 찍은 곳이기도 하다. 옥스퍼드에도 갔다. 한숨의 다리는 옥스퍼드 학생들이 공부하기 싫어서 한숨을 쉬는 다리다. 해리포터에 영감을 준 크라이스트 처치 대성당에도 갔다. 히드로공항에서 해리포터와 마법사의 돌에 나오는 캔디가 있어서 샀는데 여러 가지 맛이 다 있는데 방귀 맛은 없었다. 이상한 맛 (풀때기, 소시지, 코딱지, 비누, 먼지, 토, 귀지, 검은후추, 썩은 달걀) 8가지를 한 번에 먹는 것을 도전해 보겠다.

# 애즘의 도시

"우웩, 이 역겨운 냄새는 뭐야?"

암스테르담에 도착해 아들 녀석의 코가 제대로 반응했다. 나 역시도 코를 자극하는 마리화나 냄새가 불편하다. 사실 암스테르담이 아이와 여행하기에 좋은 도시가 아니라는 것을 알고 있었다. 그렇지만 저렴한 항공권을 구하다 보니 어쩔 수 없이 유럽여행의 마지막 도시로 선택하게 되었다.

컴컴한 밤거리의 불량한 불빛, 술 혹은 약에 취해 비틀대는 사람들, 이상야릇한 마리화나 냄새… 20년 전 유럽 배낭여행의 기억을 떠올리면 암스테르담은 나에게 어두운 기억으로 남아있다. 그 당시 나는 저녁 늦게 암스테르담 중앙역에 도착해 저렴한 숙소를 찾아 다녔다. 이리저리 돌아다니며 게스트하우스 문을 두드렸지만 이미 빈 방이 없는 상태.

주말이면 유럽의 좀 노는 젊은이들이 모이는 곳이라 예약 없이는 숙소를 구하기 힘들다는 것도 모르고…. 그래도 여름이었고 침낭이 있었기에 어디에 눕든 잠자리는 해결된다고 걱정없이 다니던 청춘이었다.

하지만 암스테르담의 밤은 그리 낭만적이지도 호의적이지도 않았다. 숙소를 찾아 거리를 헤매면서 보았던 무섭고 퇴폐적인 그 모습들. 나에겐 엄청난 충격이자 두려움으로 다가왔다. 역 앞에 자리를 잡고 누워있으면서도 신변의 위협이 느껴져 한숨도 못 잤던 그날 밤. 배낭여행의 첫 노숙지로 암스테르담은 좋지 않은 기억만 남긴 도시였다.

그랬던 암스테르담이 이번 여행에서는 전혀 다른 도시로 다가왔다. 크고 작은 운하를 따라 지어진 아기자기한 건물들, 거리마다 활기 넘치는 사람들, 자전거를 타고 오가는 정겨운 모습들. 이번에는 아들과 함께 따뜻한 광경을 보고 기분 좋은 경험을 했다. 아담한 담 광장에서 비둘기와 즐거운 시간을 보내고, 거리를 거닐다 개성 넘치는 상점에 들러 신기한 물건도 구경하고, 역사가 느껴지는 운하에서는 크루즈를 타보기도 했다.

미니 유람선을 타고 운하 구석구석을 돌아보며 도시의 숨겨진 매력을 감상한다. 작은 다리 아래도 지날 수 있는 납작 유람선. 그 좁은 물길 어디든 못 가는 곳이 없을 정

도였다. '어떻게 도시가 이리 독특하고 운치 있게 만들어질 수 있을까?' 운하는 100km 이상에 달하고, 90여 개의 섬과 1,500여 개의 다리로 구성되어 있다고 했다. 경이로움을 넘어 신비로움마저 들었다.

"아빠, 암스테르담은 정말 재미있는 곳인 것 같아. 아빠 얘기처럼 그렇게 이상하지 않은데."

알고 보니, 암스테르담은 아이와 여행하기에 괜찮은 곳이었다. 이상한 사람들이 사는 괴상한 도시가 아니라 보통 사람들이 살아가는 재미있는 도시였다. 만약 이곳에 다시 오지 않았더라면 이 도시는 내게 어떤 이미지로 남아 있었을까?

유럽에서의 마지막 날엔 그럴 듯한 곳에서 식사를 제대로 하고 싶었다. 이제껏 여행 경비를 아끼려 노력한 결과, 예산이 생각보다 많이 남았다. 식비와 시간을 아끼려고 레스토랑을 거의 이용하지 않았다. 점심은 도시락 혹은 패스트푸드로 해결하고, 저녁은 밥을 지어먹거나 라면으로 때웠다. 아들에게 제대로 된 음식을 못 먹여 항상 미안했던 마음에 근사한 레스토랑을 찾았다.

물가 비싼 암스테르담의 레스토랑에서 정식 식사라니? 빵과 패스트푸드로 식사를 해결했던 20년 전에는 상상도 할 수 없는 일이다. 그렇지만 이날만큼은 비싼 비용을 치를 것을 각오하고 샐러드, 스테이크, 폭립 등을 잔뜩 주문했다. 이럴 수가? 식사를 마치고 계산을 하는데 예상한 가격이 아니었다. 꽤나 비용이 나올 줄 알았는데…. 서울에서의 외식 비용 보다 저렴하다.

암스테르담은 터무니없이 물가가 비싼 곳이 아니었다. 이제는 우리 같이 평범한 사람도 부담 없이 레스토랑을 즐길 수 있는 곳이었다. 그러고 보면 서울 물가가 글로벌 최고 수준이 되었나 보다.

알고 보니, 나는 예전에 보고 느낀 기억 속에 그대로 멈춰 있었다. 세상은 계속 변화하고 있는데, 나도 모르게 어느새 굳어져버린 사고와 자세. '그렇다면 내가 잘못 알고 있는 사실들이 얼마나 더 많을까?'

## 시훈이의 일기

오늘은 암스테르담 시내를 구경했다. 운하들이 많았다. 이곳이 원래 바다였는데 모래로 일부를 메워 운하가 많은 것이다. 그래서 고층 건물이 보이지 않는다. 네덜란드 왕궁이 있는 담 광장에 갔다. 광장에 비둘기 먹이를 주는 가난한 사람들이 있는데 비둘기들이 어깨, 머리 위로 앉는다. 그 사람들과 같이 따라해 보았는데 한 마리가 나에게 앉았다. 그리고 옛날에 아빠가 숙소가 없어 노숙한 장소인 암스테르담 역 쪽을 지나 보트를 탔다. 재미있는 하루였다.

# 코로나와 북경 경유

"빨리 돌아와, 전염병이 돌고 있어!"

겨울 유럽여행이 끝나갈 무렵, 한국에 있는 아내에게서 급하게 연락이 왔다. '도대체 뭐길래 이리 야단이지?' 무슨 내용인지 궁금해 인터넷 뉴스를 검색해보니, 우한에서 난리가 났다는 것이었다. '그래도 여긴 멀리 떨어진 곳인데, 별일이야 있겠어?'

그렇게 며칠이 지나고 한국으로 돌아갈 날이 하루 앞으로 다가왔다. 전염병 상황이 예상과는 달리 심각해졌다. 이제는 우한을 넘어 중국 전체가 비상이라 하고, 유럽에서도 하나 둘 확진자가 발생하기 시작했다. 원래는 귀국할 때 북경을 경유하며 북경을 여행할 계획이었는데. 하지만 지금은 중국에 들어갈 상황이 아니다.

'예약해둔 귀국 항공편은 북경에서 하루를 경유해야 하는데 어떡하지?' 그렇다고 한국으로 바로 가는 직항편을 구하려면 기존 항공권을 포기하고 새로 사야 한다. 그러기엔 금전적인 부담이 너무 크고 항공권이 있다는 보장도 없다. 그렇다면 북경에서 최단시간 경유해 한국으로 가는 방법을 찾아야 했다.

유럽을 떠나는 날, 평소보다 한참 서둘러 암스테르담 공항으로 향했다. 그리고는 다짜고짜 예약해둔 남방항공 카운터로 갔다.

"항공권을 바꾸고 싶어요. 경유 시간이 최대한 짧은 것으로 좀 바꿔 주세요."

우리의 절박함을 아는지 모르는지 항공사 직원은 태연하게 자기 일을 한다. 서류도 뒤적거리고, 전화도 하고, 모니터도 한참을 확인한다. 10분 정도의 초조한 시간이 흘렀다. 그러다 퉁명스럽게 한마디 던진다.

"음. 경유 시간이 1시간 30분인 비행편이 있긴 한데, 책임은 못 집니다."

"그게 무슨 말이죠? 책임을 못 진다는 소리가?"

직원의 얘기는 암스테르담에서 북경으로 갈 때 비행기가 연착하면, 북경에서 한국으로 가는 비행기를 놓칠 수도 있다는 것이었다. 사실 연착이 안 되더라도 중국 공항에서 1

시간 30분 경유는 리스크가 크다. (다른 나라와는 달리 중국에서는 짐을 찾아 다시 부쳐야 하고 환승 절차가 복잡하다.) 자칫 잘못하면 전염병이 한창 돌고 있는 중국에서 오도 가도 못하는 신세가 될지도 모른다. 하지만 현재로선 방법이 없다. 모험을 할 수밖에….

항공사 직원과의 실랑이 후 지쳐 있는 그 때, 현지 방송사가 우리의 기분도 모르고 눈치 없이 인터뷰를 하자고 한다. 무서운 전염병이 중국에서 유행 중이라는 뉴스가 한창 나오는 시점이니, 중국에 들어가는 사람을 취재하고 싶은 모양이었다. 게다가 항공사 카운터 앞에서 아이를 데리고 실랑이 중인 동양인 아저씨의 사연이 듣고 싶었나 보다. 인터뷰할 기분이 아니었는데 반 강제적으로 질문해 왔다.

"중국으로 들어가는 것이 두렵지 않으세요? 거기 가면 위험할 텐데 왜 가는 거죠?"

나를 중국 사람으로 알았나 보다. 썩 내키지는 않았지만, 이런저런 사연을 오래 얘기하고 싶지 않았다. 인터뷰를 빨리 끝내고 싶어 한 번도 써본 적이 없던 영어 격언을 생각해 냈다.

"Be it ever so humble, there is no place like home."

(아무리 험해도 내 집이 최고지요.)

본인들이 원했던 뭔가 다이내믹하고 긴박한 대답이 아니

었을 게다. 그렇다 해도 내 마음이 사실 그러한 걸 어쩌겠는가? 누구든 고향 집으로 돌아가고 싶은 마음은 마찬가지일 것이다. 아무리 초라하고 위험해도 결국에는 내 가족, 내 집이 있는 한국으로 돌아가야 하지 않을까?

최대한 중무장하고 북경행 비행기에 올랐다. (그나마 다행으로 겨울여행이라 준비해온 마스크가 있었다.) 자리에 앉아 눈은 감았지만 온갖 잡생각에 잠을 잘 수가 없다. 중간중간 모니터에 나오는 비행정보를 확인한다. '혹시 비행기가 예정시간 보다 늦어지고 있지는 않은가? 환승 시간이 모자라면 어떻게 대처하지? 환승을 못하고 비행기를 놓치면 어떡하나?' 아들 녀석에게는 걱정하는 모습을 보이지 않으려 했지만 아들도 걱정이 가득한 눈치다.

그렇게 걱정과 두려움의 시간이 흐르고 북경에 도착했다. 비행기는 다행히 예정시간에 늦지 않았다. 그리고 항공사 직원이 마치 무슨 작전을 하듯 환승을 돕기 위해 대기하고 있었다. 우리의 사정을 어떻게 알았는지 헤매지 않도록 직원들이 안내를 해 준다. '연착을 밥 먹듯이 하고 서비스가 악명높은 중국 항공사에서 이런 대우를 해 주다니.' 어색하면서도 감사했다. 덕분에 한국행 비행기를 타는 탑승장에 여유 있게 도착했다.

비행기를 기다리며 주변을 둘러본다. 적막이 흐르는 음

침한 분위기의 북경 공항. 모두가 마스크를 쓰고 멈추어 있다. 코로나가 한창 확산되던 시점이라 다들 공포에 질려 있었다. 나 역시 공포영화의 주인공처럼 마지막 순간까지 마음을 졸였다. 마침내 한국행 비행기에 몸을 싣자 그제서야 쌓였던 긴장이 풀린다. '아… 드디어 고향 집으로 돌아가는구나.'

나중에 새로운 사실을 알았다. 우리가 코로나가 두려워 기한을 연장해 유럽에 남아 있었더라면 더 문제가 많았을 것이라는…. 한국으로 돌아온 후 며칠이 지나자 우리가 거처갔던 유럽의 주요 국가들은 코로나로 초토화되었다. 그저 무사했음에 다시 한번 감사했다.

저
녁
놀

## 아이의 눈에서 세상을

'아들 녀석과의 제대로 된 추억도 없이 내 인생이 허무하게 끝나지는 않을까?'

아들과 함께하는 세계여행을 꿈꿨다. 드넓은 대륙에서 로드트립을 하고 싶은 로망도 있었다. 하지만 세상 욕심으로 그 소망은 차츰 불가능할 것만 같았다. 아내가 임신 중일 때엔 직장일로 카자흐스탄에서 홀로 지냈고, 아들이 태어나서도 함께 있지 못하고 중국, 미국에서 유학을 하고 있었다. 30대 시절, 성공에 대한 욕망으로 그렇게 해외를 유랑하고 있었다. 한국에 돌아와 아들이 커가는 동안에도 항상 회사일로 바쁜 아빠였다. 그러다 어느새 40대가 되었고, 더 늦기 전에 꿈을 실행하고 싶었다.

'과연 잘한 선택이었을까?' 육아휴직 후 1년, 그리고 퇴

직후 1년 동안 아들과 7번의 세계여행을 하며 꿈을 실행에 옮겼다. 내 안에 잠재한 두려움과 나태함을 극복해가며 호주, 미국, 캐나다, 유럽 등지에서 녀석을 태우고 돌아다녔다. 앞으로 더 나이가 들면 이러한 시도를 하기 힘드리라는 것을 알았기에 무모해 보일지라도 꿋꿋이 여행을 밀어 부쳤다.

꿈을 꾸듯 행복한 여행을 했다. 5년에 걸쳐 아들과 가고 싶은 곳을 마음껏 돌아다녔다. 아들에게 더 넓은 세상을 보여주고, 다양한 경험과 인생을 살아가는데 힘이 될 추억을 안겨주려 했다. 그리고 나 역시도 남은 인생을 살아갈 추억이 필요했다. 살아오면서 가장 행복했던 기억들, 내 삶의 밑천으로 삼고 그 추억을 떠올리며 살아가리라.

여행을 하며 아들 녀석은 몸과 마음이 부쩍 성장했고 나 역시 많은 것을 보고 배웠다. 무엇보다도 가장 큰 수확은 아들과의 관계 회복이다. 수많은 시행착오를 거치며 아이의 눈에서 세상을 바라보는 연습을 했고 그렇게 아들과 맞추어 갔다.

로베르트 베니니의 '인생은 아름다워(Life Is Beautiful)'라는 영화가 떠오른다. 나치 수용소에서 유대인 아빠가 어린 아들이 희망을 잃지 않도록 애쓰던 그 장면들. 눈물겨운 부성애로 가득한 그 감동을 잊을 수가 없다. '나도 과연 이

험한 세상에서 그런 아빠가 될 수 있을까?' 아들과 함께한 여행을 통해 아빠가 적어도 그렇게 되기 위해 노력했다는 사실과 그 마음을 언젠가 아들이 알아줬으면 좋겠다.

앞으로도 아들과 여행을 하며 행복한 꿈을 다시 꿀 수 있을까? 어느 순간부터 나를 괴롭혀온 하지정맥류, 그리고 2번의 다리 수술. 다리가 잘못되기라도 하면 여행을 못 할지도 모른다는 두려움이 항상 떠나지 않았다. 거기에 이제 걱정거리가 하나 더 늘었다. 안 그래도 안경을 벗으면 보이지 않는데 나이가 들며 노안까지 찾아왔다. 이러한 불편을 무릅쓰고 예전처럼 여행할 수 있을까?

하지만 어떠한 신체적인 제약도 여행을 사랑하는 사람을 막을 순 없으리라. 25세 나이에 처음으로 해외를 경험하며 우물 밖 다른 세상이 있음을 알았고, 죽기 전까지 최대한 많은 것을 보고 느끼겠다고 다짐했다. '나이가 들어가는 만큼 그 나이에 해당하는 나라들을 경험해 보겠다'는 목표를 세웠다. 지금 40대 중반의 나이에 40여 개 국가를 여행했으니, 이를 실천 중인 셈이다. 그리고 앞으로도 내가 살아 있는 한 이 여정을 어떻게든 지속할 것이다.

끝으로 감사의 말씀을 전한다. 우선, 이 책이 나올 수 있도록 냉철한 조언과 따뜻한 격려를 아끼지 않은 최연 편집

장님께 감사드린다. 그를 만나고 약 8개월 동안, 힘들고도 즐거운 수련의 과정을 거쳤다. 솔직히 17년 동안 금융권에서 딱딱한 보고서만 써오던 사람이 말랑말랑한 에세이를 쓴다는 일은 불가능에 가까웠다. 인내심과 열정으로 지도해 주신 덕분에, 보고서와 일기 같았던 차가운 여행기가 따뜻한 글로 재탄생하게 되었다. 행복우물출판사는 어찌 보면 이름 그대로 내 속에 있는 행복한 기억과 감성을 퍼내게 해 준 고마운 인연이었다.

아울러 행복한 추억을 만들어 갈 수 있게 태어나 준 아들에게 감사하고, 마땅한 수입도 없는 백수 남편을 잔소리 없이 묵묵히 지켜봐 준 아내에게도 감사드린다. 그리고 평범하지 않은, 불안정한 삶을 살아가는 아들을 위해 항상 기도해 주시는 부모님께도 죄송함과 감사의 마음을 전한다.

여행이 멈춘 지 2년이 되었다. 다시 자유롭게 날아오를 그 날을 꿈꾸며…

2022년 봄.
글 쓰는 아빠, 김명진

BONUS TRACK

Kim Myungjin

# 오리도 날고
# 우리도 날고

레도 대성당에 갔다
안으로 들어가면

금은보화와 명작으로 뒤덮혀 있다. 그런 것들을
팔아 가난한 사람들을 돕는 게 좋을 것 같은데.

오리도 날고 우리도 날고　　　　초판 1쇄  2022년 3월 30일

지은이　　　　김명진
펴낸이　　　　최대석
편집　　　　　최연, 이선아
디자인1　　　 H. 이치카, 김진영
디자인2　　　 이수연, FC LABS

　　　　　　 펴낸곳　　　행복우물
　　　　　　 등록번호　　제307-2007-14호
　　　　　　 등록일　　　2006년 10월 27일
　　　　　　 주소　　　　경기도 가평군 가평읍 경반안로 115
　　　　　　 전화　　　　031)581-0491
　　　　　　 팩스　　　　031)581-0492
　　　　　　 홈페이지　　www.happypress.co.kr
　　　　　　 이메일　　　contents@happypress.co.kr
　　　　　　 ISBN　　　 979-11-91384-20-8　03810
　　　　　　 정가　　　　16,500원

Publisher's Note

Kim Myungjin

facebook

# 네가 번개를 맞으면

소심하고 내성적이었던 아이에서

더 소심하고 불안한 어른이 된, 그리고


'불안장애'와 함께 한 이야기들


"너는 앞으로 걸어 나가. 나는 내 손에 생긴 작은
생채기들을 바라보고 있을게.
그리고 눈을 들어 앞을 봤을 땐,
난 햇살에 가려진 너를 보지 못할 거야"

A Strage Place

연시리즈 에세이 8

# 나는 개미가 될거야

## 장하은

Jang Haeun

네가
번개를 맞으면
나는 개미가
될거야

우울과 불안 사이, 그 너머엔…

어떤 추억은 가늘게 그어진 틈새 사이
로 빛을 받고 물에 긁히기도 했다.

완벽한 타인이라는 벽이 허물어져 버리면……

**출간즉시 베스트 셀러**

꾸준히 사랑받는 ────────────────

 ───────── **언시리즈 에세이**

☆ ───────── **여행에세이 시리즈**

──────────────────────────── **콜렉션**

+ + +

"손가락 사이로 미끄러지는 빛은 우리의 마음을 헤쳐 놓기에 충분했고, 하얗게 비치는 당신의 눈을 보며 나는, 얼룩같은 다짐을 했었다."
_ 이제, 〈옷을 입었으나 갈 곳이 없다〉 일부

"곁에 머물던 아름다움을 모두 잊어버리면서 까지 나는 아픔만 붙잡고 있었다. 사랑이라서 그렇다."
_ 금나래, 〈사랑이라서 그렇다〉 일부

"'사랑'을 입에 담지 말 것. 그리고 문장 밖으로 나오지 말 것."
_ 윤소희, 〈여백을 채우는 사랑〉 일부

"구름 없이 파란 하늘, 어제 목욕한 강아지, 커피잔에 남은 얼룩, 정확하게 반으로 자른 두부의 단면, 그저 늘어놓았을 뿐인데, 걸음마다 꽃이 피었다."
_ 에피, 〈낙타의 관절은 두 번 꺾인다〉 일부

+ + +

# 자기 객관화 수업

모기룡

자기객관화?
가스라이팅?
주체성?

자기 객관화 수업

현실적응능력을 높이는 철학상담

모 기 룡

행복우물

# 산만한 그녀의 색깔있는 독서

윤소희 작가의
톡톡 튀는
책읽기

Yoon Sohee

산만한
그녀의
색깔있는
독서

행복우물

행복우물출판사 도서 안내

● STEADY SELLER
○ 사랑이라서 그렇다 / 금나래
"내어주는 것은 사랑한다는 말, 너를 내 안에 담고 있다는 말이다"
2017 Asia Contemporary Art Show Hong Kong,
2016 컬쳐프로젝트 탐앤탐스 등에서 사랑받아온 금나래 작가의 신작

○ 여백을 채우는 사랑 / 윤소희
"여백을 남기고, 또 그 여백을 채우는 사랑. 그 사랑과 함께라면
빈틈 많은 나 자신도 온전히 좋아하며 살아갈 수 있을 것 같다."
'채우고 싶은 마음과 비우고 싶은 마음'을 담은 사랑의 언어들

● BOOK LIST
○ 음식에서 삶을 짓다 / 윤현희 ○ 삶의 쉼표가 필요할 때 /
꼬맹이여행자 ○ 벌거벗은 겨울나무 / 김애라 ○ 청춘서간 /
이경교 ○ 가짜세상 가짜 뉴스 / 유성식 ○ 야 너도 대표 될 수
있어 / 박석훈 외 ○ 아날로그를 그리다 / 유림 ○ 자본의 방식 /
유기선 ○ 겁없이 살아 본 미국 / 박민경 ○ 한 권으로 백 권 읽기
/ 다니엘 최 ○ 흉부외과 의사는 고독한 예술가다 / 김응수 ○
나는 조선의 처녀다 / 다니엘 최 ○ 하나님의 선물 ─ 성탄의 기쁨
/ 김호식, 김창주 ○ 해외투자 전문가 따라하기 / 황우성 외 ○
꿈, 땀, 힘 / 박인규 ○ 바람과 술래잡기하는 아이들 / 류현주 외
○ 어서와 주식투자는 처음이지 / 김태경 외 ○ 신의 속삭임 /
하용성 ○ 바디 밸런스 / 윤홍일 외 ○ 일은 삶이다 / 임영호 ○
일본의 침략근성 / 이승만 ○ 뇌의 혁명 / 김일식 ○ 멀어질 때
빛나는: 인도에서 / 유림

행복우물 출판사는 재능있는 작가들의 원고투고를 기다립니다
(원고투고) contents@happypress.co.kr